CATALOGUE

DES

ANTIQUITÉS

VASES PEINTS, TERRES CUITES, MARBRES, BRONZES
MONNAIES, MÉDAILLONS CONTORNIATES, CAMÉES ET INTAILLES

OBJETS D'ART

DU MOYEN AGE ET DES TEMPS MODERNES

TABLEAUX — PASTELS

Dessins — Miniatures

PORTRAITS D'ARTISTES DRAMATIQUES, CHANTEURS
CANTATRICES, MUSICIENS, DANSEURS ET DANSEUSES

La Malibran-Garcia, par Louis PEDRAZZI
H.-L. Le Kain, pastel par Madame LABILLE-GUIARD

SUJETS DIVERS

Miniature-portrait de Joséphine Grassini, par QUAGLIA

FAIENCES ET PORCELAINES

JEUX, INSTRUMENTS DE MUSIQUE, COSTUMES

Sculptures en Marbre et en Bois, Terre cuite

Le tout composant la

Collection Théâtrale de M. JULES SAMBON

ET DONT LA VENTE AUX ENCHÈRES PUBLIQUES AURA LIEU A PARIS

HOTEL DROUOT, Salles N°s 9 et 10 réunies

Lundi 1er au Lundi 8 Mai 1911, à 2 heures

COMMISSAIRE-PRISEUR : Me F. LAIR-DUBREUIL, 6, rue Favart.

EXPERTS

MM. PAULME et B. LASQUIN Fils — 10, rue Chauchat — rue Grange-Batelière, 11

MM. ROLLIN et FEUARDENT — 4, rue de Louvois 4.

EXPOSITIONS, SALLES Nos 9 ET 10

PARTICULIÈRE : *Le Samedi 29 Avril 1911, de 1 heure 1/2 à 6 heures*
PUBLIQUE : *Le Dimanche 30 Avril 1911, de 1 heure 1/2 à 6 heures*

Entrée par la rue de la Grange-Batelière.

MACON, PROTAT FRÈRES, IMPRIMEURS

Un Catalogue de luxe, grand format, avec 50 planches et insertions dans le texte, sera envoyé contre un mandat de 25 francs.

COLLECTION THÉATRALE

DE

JULES SAMBON

CONDITIONS DE LA VENTE

Elle sera faite au comptant.

Les acquéreurs paieront *dix pour cent* en sus des enchères.

L'exposition permettant au public de se rendre compte de l'état et de la nature des objets, aucune réclamation ne sera admise une fois l'adjudication prononcée.

Les noms d'artistes et attributions du collectionneur ont été conservés.

MACON, PROTAT FRÈRES, IMPRIMEURS.

CATALOGUE

DES

ANTIQUITÉS

VASES PEINTS, TERRES CUITES, MARBRES, BRONZES

MONNAIES, MÉDAILLONS CONTORNIATES, CAMÉES ET INTAILLES

OBJETS D'ART

DU MOYEN AGE ET DES TEMPS MODERNES

TABLEAUX — PASTELS

Dessins — Miniatures

PORTRAITS D'ARTISTES DRAMATIQUES, CHANTEURS

CANTATRICES, MUSICIENS, DANSEURS ET DANSEUSES

La Malibran-Garcia, par Louis PEDRAZZI

H.-L. Le Kain, pastel par Madame LABILLE-GUIARD

SUJETS DIVERS

Miniature-portrait de Joséphine Grassini, par QUAGLIA

FAIENCES ET PORCELAINES

JEUX, INSTRUMENTS DE MUSIQUE, COSTUMES

Sculptures en Marbre et en Bois, Terre cuite

Le tout composant la

Collection Théâtrale de M. JULES SAMBON

ET DONT LA VENTE AUX ENCHÈRES PUBLIQUES AURA LIEU A PARIS

HOTEL DROUOT, Salles Nos 9 et 10 réunies

Lundi 1er au Lundi 8 Mai 1911, à 2 heures

COMMISSAIRE-PRISEUR : **Me F. LAIR-DUBREUIL**, 6, rue Favart.

EXPERTS

MM. PAULME et B. LASQUIN Fils
10, rue Chauchat — *rue Grange-Batelière, 11*

MM. ROLLIN et FEUARDENT
4, rue de Louvois 4.

EXPOSITIONS, SALLES Nos 9 ET 10

PARTICULIÈRE : *Le Samedi 29 Avril 1911, de 1 heure 1/2 à 6 heures*

PUBLIQUE : *Le Dimanche 30 Avril 1911, de 1 heure 1/2 à 6 heures*

Entrée par la rue de la Grange-Batelière.

OBJETS

DE LA

COLLECTION THÉATRALE

Faisant partie d'un second catalogue

GRAVURES

Éditeurs de musique, Maîtres compositeurs, Auteurs dramatiques. — Scénographie, Scénographes, Chorégraphes. — Artistes de chant, Cantatrices. — Acteurs et Actrices dramatiques. — Danseurs et Danseuses, Mimes. — Danses diverses. — Costumes de théâtre, Modes. — Joueurs d'instruments, Instruments divers. — Caricatures de personnages de théâtre. — Scènes d'équitation, Gymnastique, Lutte, Escrime, Jongleurs, Saltimbanques, etc. — Théâtres anciens et modernes. — Scènes de théâtre à sujets. — Masques, Mascarades et Fêtes publiques. — Sujets différents de musique et Instruments divers. — Jeux divers.

PHOTOGRAPHIES D'ARTISTES DE THÉATRE

AUTOGRAPHES

Compositeurs, Auteurs dramatiques, Poètes, Scénographes, Chorégraphes, etc. — Artistes de chant, Acteurs, Actrices. — Danseurs et Danseuses. — Pièces d'administration.

PROGRAMMES DE THÉATRES

BIBLIOTHÈQUE THÉATRALE

ANTIQUITÉS[1]

POTERIE

I. VASES GRECS A FIGURES NOIRES (ANCIEN STYLE)

1 — Petite amphore. — Quadrige galopant à droite. Devant, un archer debout ; derrière, un lion s'élançant vers la gauche. Quelques restaurations. Haut., 30 cent.

2 — Lécythe. — Danse de quatre hommes nus. Haut., 16 cent.

3 — Lécythe. — *Course de chars*. Deux quadriges à droite, se suivant. Haut., 17 cent.

4 — Lécythe avec dessin au trait sur fond blanc. — Jeune homme courant à droite, tenant un coq de combat et jouant au cerceau. Haut., 16 cent.

5 — Petite amphore. — Quatre danseuses. Haut., 146 mill.

6 — Lécythe. — Thésée combattant la laie de Crommyon. Haut., 146 millim.

7 — Lécythe. — Cavalier nu, le cheval allant au pas à droite. Devant, deux personnages debout ; derrière, une troisième figure, allongeant le bras gauche. Haut., 13 cent.

8 — Coupe à surprises, les bords recourbés vers l'intérieur. Autour de l'orifice, une large bande de godrons. — Athènes. Haut., 12 cent. ; diam., 22 cent.

1. *Cette série antique a été exposée dans sa presque totalité au Pavillon Marsan, en 1908 (voyez Catalogue, 1908, chez Lévy, 13, rue Lafayette).*

II. VASES A FIGURES ROUGES SUR FOND NOIR

9 — AMPHORE. — Jeune guerrier debout à droite, sonnant de la trompette. ℞. Jeune guerrier debout à gauche, casqué, cuirassé et armé de jambières. Beau style du ve siècle. Haut., 38 cent.

10 — HYDRIE à trois anses. — Sur l'épaule du vase, dans un encadrement : *Quatre éphèbes athéniens dans la palestre.* L'un, entièrement nu, se penche vers la gauche et s'exerce aux haltères. Un autre, nu également, s'incline au-dessus du premier et tend les bras vers le *pédotribe* qui, drapé dans un manteau, tient un long bâton. Derrière ce groupe, un jeune homme nu, casqué, armé d'un bouclier rond (*épisème*, hoplite courant à gauche) et tenant une jambière. A l'extrémité gauche, un Terme. — Légendes fictives en lettres pourpres. Haut., 33 cent.

11 — LÉCYTHE de très beau style. — *Leçon de danse.* Une jeune fille nue danse devant une femme drapée qui porte un bâton et allonge son bras droit vers la danseuse. Nola. Collection Bourguignon. Haut., 31 cent.

12 — LÉCYTHE. — Athlète tenant des haltères et s'apprêtant à sauter. Haut., 21 millim.

13 — AMPHORE. — Cérès assise à droite, dans un char léger muni de deux ailes. ℞. Femme drapée, debout à gauche, le bras droit allongé. — Trouvée à Nola. Haut., 32 cent.

14 — PETITE AMPHORE. — Femme drapée, debout devant une chaise et jouant avec deux balles. ℞. Palestrite debout à gauche, drapé et tenant un bâton en forme de béquille. Haut., 27 cent.

15 — AUTRE. — Victoire apportant la chlamyde à un athlète debout devant une stèle. Haut., 21 millim.

16 — GRANDE COTYLE à deux anses. — *Danse comique.* Silène dansant derrière une bacchante. ℞. Éphèbe nu, debout à gauche, tenant un cerceau. Haut. et diam., 24 cent.

17 — AIGUIÈRE à goulot trilobé (ve siècle). — *Scène de comédie.* Dans un encadrement : deux acteurs grecs en conversation. Tous deux portent le masque scénique et le somation. — Quelques restaurations. Haut., 20 cent.

18 — LÉCYTHE (ve siècle). — Diane ailée courant à droite, tenant à chaque main un flambeau allumé. Haut., 18 cent.

19 — Coupe à deux anses avec son couvercle. — *Scène de mariage*. La fiancée, voilée, debout à droite, donne la main à un jeune homme, derrière lequel on voit un autel cylindrique. Une jeune fille drapée tient dans chaque main un flambeau allumé. Plus loin, une servante court vers la droite, tenant un coffret et des bandelettes. Devant elle, une seconde servante apporte un rameau feuillu et un coffret. Enfin, derrière la nouvelle mariée, une femme tient, elle aussi, deux flambeaux. — Trouvée à Vico Equense. Haut., 16 cent. ; diam., 217 millim.

20 — Autre. — Sur le couvercle : Victoire poursuivant un jeune homme drapé. Trois autres adolescents prennent la fuite. Haut., 15 cent. ; diam., 207 millim.

21 — Petit cratère. — *Acrobates*. Deux danseuses phrygiennes dans leur costume national ; l'une d'elles est accroupie à droite sur une estrade. ℞. Palestrite à gauche, jouant à la balle. — Anses brisées. Haut., 15 cent.

22 — Grand aryballe athénien à goulot trilobé. — *Fête des Anthestéries à Athènes*. Dans un encadrement de godrons : table basse chargée de deux vases. De chaque côté, un éphèbe debout, l'un drapé et jouant de la lyre, l'autre nu et tenant une flûte. Haut., 14 cent.

23 — Autre. — Le tableau représente un jeune satyre dansant. Haut., 13 cent.

24 — Petit lécythe. — Jeune fille drapée, debout, jouant de la double flûte ; derrière elle, une chaise ; devant, un pilastre. Haut., 13 cent.

25 — Aryballe. — Adolescent nu, accroupi à gauche et jouant aux osselets. — Quelques restaurations. Haut., 10 cent.

26 — Autre. — Fillette drapée, se penchant pour ramasser trois balles. — Restaurations. Haut., 10 cent.

27 — Aryballe athénien à goulot tréflé. — Dans un cadre godronné : petit garçon nu, à droite, poussant le timon d'un char d'enfant. Haut., 85 millim.

28 — Askos. — Deux panthères. — Au centre, le vase est perforé de part en part. Haut., 78 millim.

29 — Petit cratère. — Satyre assis regardant une Ménade qui danse. — Palestrite. Haut., 22 millim.

III. VASES PEINTS DE FABRIQUE TARENTINE

30 — Hydrie à trois anses. — Deux chevaux galopant à gauche, l'un brun, l'autre blanc, monté par un jeune Lucanien casqué (*desultor*). Sous chaque anse latérale, une tête de femme diadémée. Au ℟., grandes palmettes. Haut., 50 cent.

31 — Autre. — *L'Escarpolette.* Femme assise à droite sur une escarpolette; derrière elle, un Amour adolescent qui la balance. Haut., 32 cent.

32 — Oxybaphon. — Joueuse de tambourin debout entre deux éphèbes, dont l'un tient un flambeau, l'autre un thyrse. ℟. Deux palestrites debout, affrontés, séparés par une colonne. Haut., 26 cent.

33 — Grande cotyle. — *Scène de tragédie.* Sur le devant, une estrade à laquelle on accède par un escalier de sept marches. Sur cette estrade, au milieu, un acteur grec costumé en Hercule, coiffé de la peau de lion et appuyé sur une massue. Par-dessus le somation, il porte une petite tunique. La main droite au front, il se tourne vers une femme drapée (*Alceste*), debout et le regardant. A sa gauche, un acteur jouant le rôle de Mercure tient un caducée. ℟. Femme assise, à gauche, sur un pliant, une couronne à la main; devant elle, une femme debout tenant un plateau rempli de fruits et de fleurs. Trouvée à Centorbi (Sicile) et publiée dans le *Bullettino dell' Instituto arch*, 1900, p. 261 (pl. VI). Haut. et diam., 223 millim.

34 — Aiguière à goulot trilobé. — *Scène de comédie.* Acteur grec, revêtu du somation, debout sur une base. Il se dirige à droite, portant sur son épaule gauche une amphore à vin et, à la main gauche, un sceau. Une stèle, surmontée d'un trépied, le sépare d'un Panisque qui, coiffé de lierre, est assis à califourchon sur un bouc et porte sur son bras gauche une coupe. Trouvée en Sicile. Haut., 18 cent.

35 — Cotyle. — *Palestre.* Éphèbe courant à gauche avec un strigile et une couronne de fleurs. — ℟. Femme courant à droite, tenant un miroir. Haut., 15 cent.

36 — Autre. — *Palestre.* Éphèbe debout devant un autel, la tête détournée. Il tient un strigile et une grappe de raisin. ℟. Femme courant à droite, tenant un miroir. Haut., 14 cent.

37 — Autre. — Éphèbe allant à droite, tenant un rameau et une grappe de raisin. ℟. Femme courant à droite, la tête tournée en arrière, un miroir à la main. Repeints. — Haut., 12 cent.

38 — Autre. — *Palestre.* Éphèbe tenant un strigile et une couronne en fleurs. — R̸. Femme portant une grappe de raisin et un plateau chargé de fleurs. Haut., 10 cent.

39 — Scyphus. — *Course au flambeau.* Jeune homme courant à droite vers un autel, le manteau en écharpe. A sa main droite il tient un flambeau, dans l'autre une coupe. Haut., 12 cent.

IV. LAMPES EN TERRE CUITE

40 — Masques. Lampe en terre émaillée vert pâle. Sur la cuvette, une couronne de laurier ; sur le bec, un masque scénique. Diam., 8 cent.

41 — Trois masques scéniques placés autour de l'orifice de la cuvette. Diam., 8 cent.

42 — Masque de la Comédie romaine, la barbe équarrie et finement bouclée. Diam., 95 millim.

43 — Masque tragique de femme. R̸. SEX EGN APR (?) en creux. Diam., 78 millim.

44 — Masque à longue barbe équarrie. R̸. FORTIS en relief. Diam., 73 millim.

45 — Masque d'acteur aux cheveux bouclés ; cuvette à deux orifices. R̸. HERMATIS en relief. Diam., 87 millim.

46 — Autre, les cheveux perlés. R̸. H en relief. Diam., 63 millim.

47 — Trois masques d'acteur (époque chrétienne). Cuvette en forme de feuille d'arbre (endommagée). Longueur, 13 cent.

48 — Cratère bachique entre un masque imberbe, coiffé du pétase, et un masque barbu de Silène, couronné de lierre et posé sur un socle. R̸. C.OPPI.RES en creux. Diam., 77 millim.

49 — Lampe à deux becs, avec deux orifices dans la cuvette et deux trous pour l'épingle qui redressait la mèche. Au centre, un masque d'acteur romain ; la poignée en forme de croissant radié, entourant un disque qui porte, en cinq lignes, un souhait de bonne année : ANNV—NOVM FAV—STVM FEL — ICEM MI — HI. Vernis rouge. R̸. E en creux. Long., 135 millim.

50 — Poignée d'une lampe identique, avec la même inscription.

51 — Masque scénique grec, l'embouchure percée de trois trous : muni de trois bélières, il forme le dessus de la cuvette. R̸. Nom de potier illisible. Long., 12 cent.

52 — Masque de négresse. Long., 3 cent.

53 — GLADIATEURS. Deux gladiateurs combattant, un Thrace et un Samnite, sont séparés par le maître d'armes qui tient une baguette. Dans le haut, MIS(*sus*); derrière le Thrace, une couronne de feuilles; en exergue, sur un cartouche à queues d'aronde, les noms SABINVS et POPILLIVS en relief. ℟. ROMANESIS en creux. — Très belle conservation. Diam., 8 cent.

54 — Deux gladiateurs appartenant à l'arme des Thraces. Diam., 78 millim.

55 — Deux gladiateurs combattant, Thrace et Samnite. Autour, leurs noms : ROMANVS et MELEAGER, en creux. ℟. Marque du potier, IVNI ALEXI, en creux. — Belle conservation. Diam., 87 millim.

56 — Combat de deux gladiateurs ; l'un, armé d'un bouclier carré et concave, est agenouillé à droite ; l'autre, debout à gauche, se couvre d'un bouclier ovale. Diam., 68 millim.

57 — Même sujet ; terre pâle, bec cassé.

58 — Autre ; terre pâle, cuvette fruste.

59 — Deux gladiateurs, l'un debout, de face et levant le bras gauche armé d'un bouclier hémisphérique (la *parma*) ; l'autre agenouillé à gauche et tenant un bouclier carré et recourbé. Diam., 94 millim.

60 — Même sujet. Diam., 79 millim.

61 — Deux gladiateurs combattant, l'un armé d'un grand bouclier samnite, l'autre agenouillé à gauche, la targette au bras droit, la *sica* à la main gauche. Diam., 76 millim.

62 — Deux gladiateurs debout, l'un en posture de combat, l'autre de face, le bras droit levé, la main gauche armée de la *sica* et posée sur un bouclier. Tous deux ont la tête tournée vers la gauche du spectateur. Diam., 8 cent.

63 — Gladiateur poursuivant un adversaire qui court vers la gauche et dont le bouclier gît à terre.

64 — Dans une bordure de laurier : deux gladiateurs combattant. ℟. Rosace. Diam., 6 cent.

65 — Gladiateur poursuivant un adversaire blessé qui vient de laisser tomber son bouclier, se met à genoux et lève le bras gauche pour demander sa grâce. Diam., 112 mill.

66 — Gladiateur en posture de combat, l'épée à la main droite levée, la

targette au bras gauche; devant lui, un gladiateur vaincu, debout à gauche et dont le bouclier gît à terre. Diam., 77 millim.

67 — Gladiateur armé, debout à droite, tenant une épée nue et un grand bouclier orné de dessins linéaires; derrière lui, un cippe chargé d'un casque à visière. ℞. C.OPPI.RES, en creux. Diam., 9 cent.

68 — Gladiateur (*rétiaire*) vaincu, agenouillé à gauche; son bras droit tient une épée, l'index de sa main gauche est redressé, le trident gît à ses pieds. Diam., 72 millim.

69 — Gladiateur (*Thrace*), debout à gauche, armé de toutes pièces. Diam., 68 millim.

70 — *Mirmillon* debout à gauche, en posture de combat. — Diam., 81 millim.

71 — Gladiateur vaincu, debout à droite, les bras pendants, les genoux fléchis; son bouclier gît à terre devant lui. ℞. Poinçon du fabricant dans une plante de pied. Diam., 78 millim.

72 — Gladiateur debout à gauche, la main droite avancée et joignant le pouce et l'index. Diam., 69 millim.

73 — Autre exemplaire.

74 — Gladiateur vaincu, agenouillé à droite, les mains liées derrière le dos; devant lui, son bouclier. Diam., 75 millim.

75 — Gladiateur debout à droite, en posture de combat. Diam., 7 cent.

76 — Rétiaire courant à droite, nu-tête, le bras gauche armé du *galerus*, l'autre tenant le trident. ℞. L FABRICIVS C (en creux). Diam., 9 cent.

77 — Gladiateurs debout dans des attitudes variées. — Cinq pièces.

78 — Gladiateur debout, vu de dos, la *sica* au bras gauche abaissé, un bouclier à ses pieds. Diam., 75 millim.

79 — Gladiateur debout à droite, en posture de combat, le *galerus* au bras gauche, la main droite armée d'une épée. ℞. L.M.MIT (en creux). Diam., 66 millim.

80 — Autre, agenouillé, les bras liés derrière le dos; devant lui, un bouclier ovale. Diam., 64 millim.

81 — Gladiateur agenouillé à gauche, tenant un bouclier rond et une épée nue. Diam., 65 millim.

82 — Autre, debout, vu de dos, tenant la *sica* et une targette. ℞. AUFI FRON. Diam., 71 millim.

83 — Casque de gladiateur posé sur un bouclier recourbé ; devant, une épée nue. ℞. C.OPPI.RES. Diam., 76 millim.

84 — Casque à visage, *sica* et targette. Diam., 65 millim.

85 — Deux casques à visage, affrontés entre deux épées courtes et deux rapières. Diam., 74 millim.

86 — Armes de gladiateur, disposées en cercle. Diam., 76 millim.

87 — Même sujet. Couverte rouge, poignée en forme de croissant. Diam., 76 millim.

88 — Même sujet. — 2 pièces.

89 — JEUX DE CIRQUE. *Tensa* en forme d'édifice, attelée de quatre chevaux au pas à droite. ℞. N NAE LVCI (en creux). Diam., 9 cent.

90 — Quadrige au pas à gauche, le conducteur tenant une couronne et une palme. Au second plan, un portique orné de dauphins et plusieurs colonnettes. ℞. C.OPPI.RES (en creux). Bel exemplaire. Diam., 97 mill.

91 — Même sujet, avec deux obélisques à l'arrière-plan. Diam., 93 millim.

92 — Quatre quadriges courant au galop dans le cirque. Devant eux, un rang de sièges et un rang de loges remplis de spectateurs ; dans le bas, le grand portique d'entrée. ℞. SAECVL en creux. Diam., 95 millim.

93 — Bige galopant à droite ; le conducteur sonne de la *tuba* et porte un grand bouclier ovale. ℞. Grafitte grec : ЄΦЄCINЄ, à rebours. Diam., 8 cent.

94 — Bige de Luna, galopant à droite. ℞. Marque dans une plante de pied. Diam., 85 millim.

95 — *Nom du cheval et nombre de ses victoires*. Cheval affronté avec Pégase. Dans le haut, un *vexillum* portant le grafitte ANICETVS XXXIX sur quatre lignes, et un disque avec le grafitte CXXXIX en trois lignes. En exergue, arc et carquois. — Bel exemplaire. Diam., 94 millim.

96 — *Nom du cheval victorieux*. Cheval à gauche dans une colonnette (*meta*) surmontée de trois palmes. Dans le champ, un cartouche avec le nom du cheval, CALOS. Diam., 9 cent. — Cuvette fruste.

97 — Dessus de lampe : cocher victorieux conduisant un quadrige au galop, à droite. Dans le haut, son nom, gravé en creux : PRISCIAN(*us*). Diam., 9 cent.

98 — Cheval à droite devant un cratère; derrière, une massue et un *vexillum* portant des traces de lettres. Diam., 94 millim

99 — Cheval scellé, s'agenouillant à droite. Diam., 73 millim.

100 — Dioscures debout à gauche, tenant son cheval par la bride. Sa main gauche porte une lance, et sa tête est surmontée d'une étoile à quatre rais. ℞. L MANLI (en creux). Diam., 61 millim.

101 — Deux chevaux courant à gauche, l'un monté par un *desultor* coiffé d'un bonnet conique. Diam., 79 millim.

102 — Autre exemplaire.

103 — Cavalier nu, au galop à droite, le bras droit levé. Fond radié. Diam., 78 millim.

104 — *Gaulois à cheval*, galopant à gauche. Les cheveux hirsutes, la poitrine et les jambes nues, il tient un long bouclier hexagonal et une épée. ℞. VIBI (en creux). Diam., 75 millim.

105 — Guerrier parthe à cheval, galopant à gauche, armé d'une lance et d'un bouclier. ℞. C.OPPI.RES (en creux). Diam., 8 cent.

106 — Buste de cheval bridé, à droite. Couronne de laurier en bordure. ℞. L CAS AE (en creux). Diam., 62 millim.

107 — Petite lampe ornée de trois rangs de perles, la poignée figurant un buste de cheval. ℞. L MAR MI (en creux). Diam., 58 mill.

108 — BESTIAIRES. Homme nu debout à droite, armé d'un javelot et combattant un bison. ℞. L.PASI.SID (en creux). Diam., 75 millim.

109 — Autre. ℞. L.CAES. AR (en creux).

110 — Bestiaire combattant quatre lions. ℞. Feuille de lierre (en creux). Diam., ·9 millim.

111 — Éléphant monté par un cornac et soulevant de sa trompe un homme nu. ℞. La lettre N en creux. Diam., 64 mill.

112 — Lion à gauche, terrassant un homme nu armé d'une petite massue. Diam., 8 cent.

113 — Bestiaire à gauche, en tunique courte, brandissant une massue contre un lion. ℞. C CAEC SAC. Diam., 78 millim.

114 — Tigre à droite et lion à gauche, ce dernier déchirant un homme nu. ℞. C.FUR.SEC (en creux). Diam., 88 millim.

115 — Enfant à la chasse au lion; dans le bas, lion déchirant un porc. ℞. VET CRIS (en creux). Diam., 106 millim.

116 — Homme nu debout (*Hercule*) étreignant un lion. Diam., 78 millim.

117 — Groupe de deux ours debout. ℞. L CAE SAE (en creux). Diam., 62 millim.

118 — Sanglier courant à droite, mordu par un lion qui lui saute sur le dos. Diam., 75 millim.

119 — Sanglier courant à gauche. ℞. L CAE SAE (en creux). Diam., 74 millim.

120 — Lion courant à droite, la tête tournée en arrière. ℞. L CAE SAE (en creux). Diam., 6 cent.

121 — Lionne à droite. ℞. FLORENT (en creux). Diam., 65 millim.

122 — Lion à gauche, portant dans sa gueule une tête de faune. Diam., 63 millim.

123 — Taureau furieux, courant à droite ; derrière lui, un arbre. ℞. C IVL NICEF(*ori*) en creux. Diam., 88 millim.

124 — COMBAT DE COQS. Deux petits Amours présidant à un combat de coqs. ℞. L.CAE SAE (en creux). Diam., 77 millim.

125 — Coq de combat, à droite, paré d'une palme et d'une couronne. — Terre noire. Diam., 9 cent.

126 — ATHLÈTES. — Groupe de deux jeunes lutteurs nus. Diam., 10 cent.

127 — Cestiaire debout à droite. Diam., 72 millim.

128 — Autre exemplaire ; couverte rouge. Diam., 74 millim.

129 — Cestiaire en posture de combat. ℞. V en creux. Diam., 72 millim.

130 — Autre exemplaire. ℞. 1 en relief. Diam., 82 millim.

131 — Deux cestiaires grotesques debout, l'un tenant une palme et se couronnant lui-même. ℞. Z (à rebours) en relief. Diam., 83 millim.

132 — COURSE AUX FLAMBEAUX. Jeune homme nu, courant à gauche, avec un flambeau à la main gauche, le bras droit levé. ℞. V en relief. Diam., 77 millim.

133 — ACROBATES. Taureau à gauche, monté par deux enfants et un adolescent qui fait la culbute en arrière. Diam., 8 cent.

134 — Jongleur assis de face, entouré de ses instruments de travail ; à sa gauche, un chien montant sur une échelle. — Dessus de cuvette de lampe. Diam., 8 cent.

135 — Acrobate sur un cheval à droite. Il est couché sur le dos, la tête redressée et tournée du côté du spectateur, et sa main droite tient un bâton. Diam., 82 millim.

136 — MUSIQUE. Victoire debout à droite, jouant de la lyre. Diam., 8 cent.

137 — Joueuse de lyre debout. Diam., 77 millim.

138 — Grotesque phallique, assis à gauche sur un lit et jouant de la lyre. Diam., 74 millim.

139 — Autre exemplaire.

140 — Diane assise à droite sur un rocher et jouant de la lyre ; devant elle, son chien de chasse qui semble écouter. Diam., 78 millim.

141 — Petit Amour à califourchon sur un dauphin à droite, et jouant de la double flûte. Diam., 72 millim.

142 — Faune allant vers la gauche, en jouant de la double flûte. ℟. C. OPPI. RES (en creux). Diam., 75 millim.

143 — Silène allant à gauche, la main gauche avancée et tenant deux flûtes et une palme. Diam., 75 millim.

144 — Grotesque bossu et phallique, courant à droite en jouant de la double flûte. Derrière : L CAEC SAE, en creux. Diam., 7 cent.

145 — Même sujet. ℟. L CAE SAE (en creux). Diam., 6 cent.

146 — Femme assise à droite, jouant de la double flûte ; devant elle, un silène dansant. ℟. Même timbre. Diam., 64 millim.

147 — Fillette drapée, debout devant un autel et jouant de la double flûte. Diam., 76 millim.

148 — Buste de Pan, de face, le bras gauche levé, la main droite tenant la *syrinx*. ℟. L DAVSVS (en creux). Diam., 78 millim.

149 — SUJETS MYTHOLOGIQUES. Dans un temple, Jupiter debout de face, sans draperie, tenant le sceptre et le foudre ; à ses pieds, l'aigle sur le globe ; dans le champ, deux bustes drapés. — Lampe à deux anses latérales. — Poignée triangulaire ornée d'une palmette en relief. Diam., 9 cent.

150 — Apollon nu, assis à gauche, s'accoudant sur une lyre et tenant une branche de laurier. ℟. Grafitte : FAVSTI. Diam., 74 millim.

151 — Vénus *victrix* debout à dr., appuyée sur un grand bouclier rond et tenant une lance et un parazonium ; devant elle, l'Amour qui lui tend un casque. ℟. Grafitte : L SERGI. Diam., 74 millim.

152 — Vénus nue, assise à gauche et mettant sa ceinture ; devant elle, deux petits Amours et une vasque. Diam., 84 millim.

153 — Vénus à droite, conduisant un bouc par la corne. Diam., 85 millim.

154 — Amour adolescent, debout à gauche, tenant un arc et une flèche. ℞. Marque du potier dans une plante de pied. Diam., 85 millim.

155 — Amour portant un flambeau allumé. ℞. L CAE SAE (en creux). Diam., 8 cent.

156 — Quatre petits Amours jouant ensemble. ℞. CAE SA en relief. Diam., 94 millim.

157 — Amour à droite tenant un thyrse : derrière lui, la panthère bachique, une colonnette supportant un cadran solaire (?), puis un second thyrse paré d'une bandelette. Au-dessus de la poignée, un sphinx d'ancien style, assis de face, les ailes recroquevillées. Diam., 97 millim.

158 — Mercure courant à gauche, tenant une bourse et le caducée. Diam., 81 millim.

159 — Victoire à gauche, tenant un disque dont l'inscription n'a laissé que de faibles traces. Diam., 84 millim.

160 — Victoire à gauche tenant une palme et un disque à la légende (en creux) : OB CIVES SERV VOTV. Dans le champ, quelques monnaies romaines, dont l'une à la double tête de Janus, et une amande. Diam., 9 cent.

161 — Victoire, de face, tenant une palme et couronnant un éphèbe nu, armé d'une lance et d'un parazonium. ℞. SAECVL. Diam., 95 millim.

162 — Victoire, de face, à côté d'un éphèbe nu qui se couronne lui-même ; derrière l'éphèbe, un cippe. ℞. L CAE ... (en creux). Diam., 95 millim.

163 — Près d'un bassin, la statue de Marsyas à gauche. Il lève le bras droit et porte son outre sur l'épaule gauche. Diam., 76 millim.

164 — Masque de Silène, couronné de feuilles. Diam., 68 millim.

165 — Sujets légendaires. Ulysse attaché sous le ventre du bélier Polyphème. — Bec brisé. Diam., 84 millim.

166 — Ulysse tenant une coupe. Diam., 68 millim.

167 — Amazone à gauche, relevant une de ses compagnes blessées. Dans le champ, deux peltes et deux bipennes. ℞. CA en relief. Diam., 78 millim.

168 — Europe sur le taureau, à gauche ; en exergue, deux dauphins affrontés. ℞. D en relief. Diam., 8 cent.

169 — Bellérophon, armé d'une épée et agenouillé à gauche, retient Pégase par la bride. Diam., 93 millim.

170 — Édipe, debout à droite et conduisant son cheval ; devant lui, le Sphinx assis sur un rocher. ℟. SOSVMI en creux. Diam., 71 millim.

171 — Bacchante en extase, à gauche, tenant une épée nue et un quartier de chevreuil. Diam., 75 millim.

172 — PÊCHE. Vue d'une ville maritime avec ses portiques, ses temples, etc. Au premier plan, un pêcheur debout, adossé contre un rocher, et un autre pêcheur dans une barque. Diam., 10 cent.

173 — Autre exemplaire, varié. Bordure de godrons. Diam., 108 millim.

174 — Vue d'un palais situé au bord de la mer. Au premier plan, deux barques avec leurs équipages. ℟. Cercles concentriques. Diam., 7 cent.

175 — Pêcheur assis à gauche sur un rocher et tirant un poisson de l'eau ; à son bras gauche il porte un panier. Diam., 75 millim.

176 — SUJETS VARIÉS. Boucher éventrant un porc. Diam., 74 millim.

177 — Esclave tenant une grande amphore à vin. ℟. LFABRIAEVEN.. (en creux). Diam., 8 cent.

178 — Paysan coiffé d'un bonnet conique, debout à gauche, appuyé sur un bâton et portant au bras gauche un panier. Diam., 78 millim.

179 — Homme vêtu de l'*exomis*, allant à gauche, le torse penché en avant, les mains derrière le dos. Diam., 7 cent.

180 — ACTEUR. Enfant en acteur, allant à droite, les bras allongés symétriquement. ℟. CASSI (en creux). Diam., 6 cent.

181 — JEU DE DAMES. Deux hommes assis en face l'un de l'autre et jouant aux dames sur une tablette posée sur leurs genoux. A gauche, le surveillant (*ephedros*) debout. ℟. C STIL VEST (en creux). Diam., 95 millim.

182 — Deux personnages grotesques combattant. ℟. Cinq points clos. Diam., 59 millim.

183 — Homme barbu, cuirassé, courant à gauche, tenant une bourse et un objet indéterminé ; il est suivi d'un monstre à tête d'âne, cuirassé également et tenant une bourse et un poignard. Diam., 67 millim.

184 — Enfant nu, assis à gauche sur un siège ; devant lui, un enfant debout, tenant deux flambeaux ; plus loin, un enfant plus petit, tenant aussi deux flambeaux. ℟. Cinq annelets. Diam., 8 cent.

185 — Chien assis à droite. ℟. Marque du potier dans une plante de pied. Diam. 23 millim.

186 — Deux sangliers et deux lièvres courant. ℞. ΝΑΕ IVC (en creux). Diam., 95 millim.

187 — Lampe façonnée en tête de nègre. Long., 12 cent.

188 — Lampe à deux becs, façonnée en tête de taureau ; poignée en forme de croissant. Belle couverte rouge. Long., 19 cent.

189 — Lampe à deux becs, ornée d'une couronne de laurier. Poignée triangulaire avec une palmette en relief. Diam., 116 millim.

TERRES CUITES

I. FIGURINES

190 — Jeune femme grecque drapée dans une tunique talaire et un manteau bleu. Debout, la jambe droite en avant, elle appuie son bras gauche sur la hanche, et, de la main droite abaissée et dissimulée sous la draperie, relève légèrement son himation. Ses cheveux sont frisés en diadème et noués au-dessus du front. Beau style. — Trouvée à Canosa. Coloration usuelle. — Haut., 27 cent.

191 — Jeune homme debout, jouant de la double flûte. Il fait face au spectateur, le haut du corps à découvert. Haut., 25 cent.

192 — Danseuse voilée, se dirigeant vers la gauche, la tête penchée, le bras gauche sur la hanche, la main droite retenant la draperie. Beau style. Engobe blanc ; socle mouluré et peint en rouge. — Haut. 23 cent.

193 — Esclave aux traits grotesques, le corps très amaigri. Il est debout, vêtu de l'*exomis*. Sa bouche est grande ouverte et laisse percevoir sa langue ; son bras droit s'allonge vers le spectateur, l'autre se replie de côté. — Asie mineure. — Style alexandrin très beau. Support en tronc d'arbre, base plate. — Haut., 22 cent.

194 — Joueur de lyre, debout, entièrement nu, mais coiffé d'un diadème et d'un voile et paré d'un collier avec médaillon. Son bras gauche abaissé porte une lyre, sa main droite tient le plectrum. — Ancien style. — Capoue. Haut., 21 cent.

195 — Prêtre d'Isis, drapé, debout, la tête chauve. — Italie méridionale. Haut., 20 cent.

196 — Autre exemplaire, de même provenance. Haut., 21 cent.

197 — Vieux Silène, debout, de face, presque nu, un scyphus à la main droite, dans l'autre une bourse. — Capoue. Haut., 20 cent.

198 — Petit Amour nu, debout à gauche, armé d'un bouclier ovale, et sonnant de la trompette. Socle en forme de calice de fleur. — Basse-Égypte. Haut., 20 cent.

199 — Jeune danseuse drapée, debout sur sa jambe droite, l'autre relevée en arrière. Son bras droit se lève et se replie en avant, tandis que le bras gauche s'abaisse et que la main touche presque le talon du pied. — Beau style. — Tanagra. Base plate. — Haut., 19 cent.

200 — Jeune garçon drapé, debout, jouant de la lyre. Socle adhérent. — Haut., 17 cent.

201 — Acrobate enfant, debout sur un chien à droite. Le chien porte un collier ; l'acrobate est nu et affecte une pose théâtrale ; ses bras sont mobiles. Trouvé à Capoue. Haut., 16 cent.

202 — Joueuse de lyre debout, coiffée d'un bonnet conique. Haut., 15 cent.

203 — Autre, coiffée d'un strophium, la lyre appuyée sur une cippe. Haut., 16 cent.

204 — Nain debout, au visage grotesque, la bouche étirée comme celle d'un masque d'acteur et découvrant les dents et la bouche ; barbe et moustache frisées en longues mèches ondulées. Coiffé d'un chapeau plat et drapé dans un manteau, il porte à sa main gauche une bourse, et sa droite touche la barbe. Travail très vigoureux, au *stecco*. — Capoue. Haut., 16 cent.

205 — Acteur grec, vêtu d'une tunique courte et d'un manteau, et coiffé du masque scénique. Il porte sur ses épaules un bâton horizontal chargé de deux outres, et son bras droit se relève et se replie en arrière pour maintenir le fardeau. — Italie méridionale. Haut., 18 cent.

206 — Danseuse coiffée d'un bonnet conique et vêtue d'une tunique de laine et d'une écharpe nouée autour des reins. Sa jambe droite est à découvert, ses bras (en partie brisés), s'allongent horizontalement. Haut., 17 cent.

207 — Groupe composé de deux figures debout et qui se tiennent enlacées. L'une représente un jeune homme coiffé d'un bonnet plat et vêtu d'une tunique courte ; l'autre est une jeune fille drapée. — Base oblongue adhérente. Haut., 16 cent.

208 — Personnage grotesque, au ventre proéminent, le bras gauche armé d'un gros bâton. Il est couronné de feuilles ; sa main droite se

dissimule derrière la barbe. — Grèce propre. Base adhérente. Haut., 16 cent.

209 — Satyre d'ancien style, debout, le bras gauche sur la hanche, la main droite à la barbe. — Grande-Grèce. Haut., 16 cent.

210 — Acteur romain debout, en tunique courte, les bras cachés sous la draperie. — Même provenance. Haut., 158 millim.

211 — Autre. Déesse coiffée d'un polos et d'un voile, le torse drapé dans un chiton. Haut., 13 millim.

212 — Petit garçon debout, vêtu d'une tunique courte et d'un manteau qui s'arrête aux genoux. Visage grotesque, strophium dans les cheveux, bras droit tendu en avant. Haut., 15 cent.

213 — Fillette ailée et drapée, courant à droite en jouant de la lyre. — Capoue. Coloration usuelle; base plate. Haut., 15 cent.

214 — Personnage phallique debout, aux traits grotesques, vêtu d'une tunique courte ; il tient une corbeille en vannerie et appuie sa tête sur la main gauche levée, avec une expression de douleur. — Grande-Grèce. Haut., 15 cent.

215 — Adolescent debout, en tunique, le manteau jeté sur l'épaule gauche. Au bras gauche, il porte un grand masque scénique, son bras droit fait un geste théâtral. — Capoue. L'avant-bras droit et la main manquent. Haut., 15 cent.

216 — Personnage grotesque debout, la main droite à la barbe, l'autre sur la hanche. — Même provenance. Haut., 155 millim.

217 — Acteur grec, phallique, portant sur sa tête un *calathus* qu'il soutient des deux mains. — Grèce. Haut., 14 cent.

218 — Vieux Silène drapé, debout, le manteau replié sur le bras gauche, le bras droit pendant le long du corps. — Beau style. — Grande Grèce. Haut., 14 cent.

219 — Acteur grec, debout, avec masque et somation. — Grande-Grèce. Haut., 11 cent.

220 — Autre, de beau style, avec une écharpe sur l'épaule gauche, la main droite passée sous la ceinture. — Grande-Grèce. Haut., 13 cent.

221 — Autre, le bras droit pendant le long du corps. — Grande-Grèce. Haut., 12 cent.

222 — Jeune fille drapée, allant vivement vers la droite, suivie d'un petit chien qui la tire par le manteau. — Tanagra. Haut., 13 cent.

223 — Acteur grec drapé, debout, avec une longue barbe, le bras droit pendant, l'autre se repliant sur la ceinture. — Partie inférieure restaurée. Haut., 13 cent.

224 — Acteur de la Comédie grecque portant un coq en se dirigeant vers la gauche. Le masque sur le visage, il a le manteau noué autour des reins ; sa tunique dessine les formes du corps. — Tanagra. Engobe et traces de coloration. Haut., 135 millim.

225 — Lampe figurant un personnage grotesque, assis à terre et lisant sur une feuille de papyrus. Ses yeux sont à jour. — Couverte rouge. Haut., 12 cent.

226 — Lampe représentant une vieille femme nue, assise sur un siège et posant son pied gauche sur le genou droit. Devant elle, un vase cylindrique servant de bec à la lampe. R/. ЄΠΟ en grafitte. Haut., 13 cent.

227 — Acteur allant à gauche, portant un bouclier rond. Les pieds manquent. Haut., 12 cent.

228 — Groupe. — Acteur debout près d'une femme drapée. Haut., 12 cent.

229 — Personnage grotesque, debout, enveloppé de son manteau, le crâne entièrement chauve. Haut., 125 millim.

230 — Femme enceinte, drapée, s'avançant vers le spectateur en inclinant la tête sur l'épaule gauche. — Capoue. Restaurée. Haut., 12 cent.

231 — Figurine composée de deux personnages accolés : Esclave vêtu d'une tunique et d'un manteau, et Enfant drapé dans sa chlamyde. — Rome. Haut., 12 cent.

232 — Acteur grec drapé, debout, vêtu du somation, d'un pantalon et d'une chlamyde, les deux mains croisées sur le ventre. — Italie méridionale. Haut. 12 cent

233 — L'enfant Iakchos assis de face sur le porc éleusinien, à gauche. Haut., 115 millim.

234 — Petit buste drapé d'un prêtre d'Isis, la tête chauve. Haut., 11 cent.

235 — Groupe de deux enfants lutteurs. Au milieu, un petit chien qui saute sur l'un des combattants. Haut., 11 cent.

236 — Personnage grotesque, debout, portant des deux mains un plateau appuyé contre la poitrine, et à la main gauche une bourse. — Grande-Grèce. Haut., 11 cent.

237 — Joueuse de lyre, d'ancien style, couchée à gauche, tout enveloppée de sa draperie. Sa main gauche tient la *chelys* ; ses cheveux forment sur le dos un long plastron à tresses horizontales et se terminent en pointe, donnant l'apparence d'un corselet d'abeille. — Chypre. Haut., 11 cent.

238 — Acteur romain debout, en tunique courte, les mains jointes sur le ventre. Il est adossé contre une dalle oblongue. — Petit bas-relief à couverte rouge. Haut., 10 cent.

239 — Personnage nu, assis à terre, la tête chauve et très grosse. Il porte sur la poitrine une amulette attachée à une bandoulière. A l'intérieur, un caillou indiquant que l'objet a servi de jouet d'enfant (*crepitaculum*). — Grande-Grèce. Terre de brique. Haut., 10 cent.

240 — Buste d'un esclave à la tête grotesque, vêtu d'un manteau que ses deux mains retiennent sur la poitrine. — Fragment de figurine. Haut., 10 cent.

241 — Figurine comique drapée, de face, le torse penché en avant, la tête relevée, les bras étendus symétriquement et les jambes écartées. Haut., 10 cent.

242 — Acteur coiffé d'un bonnet conique, la barbe en pointe, le bras droit replié en arrière et soutenant un sac posé sur les épaules. Masque de théâtre, somation ponctué, manteau en écharpe ; sur le devant, une gourde. Haut., 10 cent.

243 — Acteur grec, debout dans son somation, chargé d'une besace. — Engobe blanc, traces de peinture, base plate. Haut., 10 cent.

244 — Groupe de deux gladiateurs se combattant, armés chacun d'un bouclier quadrangulaire, le *scutum*. Haut., 9 cent.

245 — Esclave nu, le manteau en écharpe, portant sur son dos un enfant qui joue de la double flûte (mais dont la tête manque). — Fragment. Haut., 9 cent.

246 — Acteur grec debout, en tunique courte, portant un panier et une bourse. C'est le cuisinier qui va au marché. — Grèce propre. Base ronde. Haut., 95 millim.

247 — Homme nu assis, portant à sa main droite un masque scénique de femme, et sur son épaule un manteau replié. Il est coiffé d'un strophium. Haut., 94 millim.

248 — Homme assis sur un siège arrondi et tenant de ses deux mains un rouleau de papyrus déployé (avec inscription fictive). Son épaule

droite est à découvert, sa tête manque. Au revers, ΟΜΗΡΟC en grafitte. — La figurine a probablement servi de lampe. Haut., 9 cent.

249 — Lutteur grotesque, nu et entièrement chauve, assis de face sur une pierre, les mains posées l'une sur le ventre, l'autre sur la cuisse. — Italie méridionale. Haut., 85 millim.

250 — Jeune homme nu, assis à terre et tenant un coq de combat. Haut., 8 cent.

251 — Buste de satyre barbu, jouant de la double flûte. — Fragment de figurine. Haut., 8 cent.

252 — Acteur à demi couché à terre et figurant *Bacchus au repos*. Son bras droit se replie au-dessus de la tête. — Grande-Grèce. Haut., 73 millim.

253 — Silène portant l'enfant Bacchus sur son bras gauche. — Fragment de figurine ; buste seul conservé. Haut., 7 cent.

254 — Femme enceinte, accroupie, coiffée d'un bonnet conique, accoudée sur ses genoux, les deux mains soutenant symétriquement la tête. Haut., 7 cent.

255 — Acteur romain portant un enfant sur son bras droit. — Buste de figurine ; terre de brique. Haut., 6 cent.

256 — Buste de vieille femme avec un double goitre. — Fragment de figurine. Haut., 6 cent.

257 — Singe jouant de la double flûte et tenant entre ses jambes un plateau rond muni d'un déversoir. Haut., 66 millim.

258 — Joueur de double flûte, vêtu d'une tunique courte. Haut., 55 millim.

259 — Grande poupée articulée. — Guerrier casqué, armé d'une cuirasse à écailles et d'un bouclier rond ; sa main droite tenait une lance. Haut., 25 cent.

260 — Autre. — Jeune femme nue, les cheveux peints en rouge. Haut., 27 cent.

261 — Poupée articulée. — Dans ,ur scythe levant les bras symétriquement au-dessus de sa tête. Il est barbu, coiffé d'un bonnet asiatique et drapé dans une tunique courte à longues manches, les jambes revêtues d'un pantalon à plis nombreux et réguliers. Deux poignards sont suspendus à son vêtement. — Beau style. Visage peint en rouge, barbe noire. Haut., 21 cent.

262 — Poupée articulée, coiffée d'une bandelette. Haut., 15 millim.

263 — Enfant nu, assis. — Fragmenté. Haut., 44 millim.

264 — Tête d'acteur coiffé d'un masque scénique. — Beau style. Haut., 4 cent.

265 — Tête grotesque, coiffée d'un casque. — Asie Mineure. Haut., 58 millim.

266-267 — Deux autres, la bouche entr'ouverte. Haut., 45 millim.

268 — Petite tête barbue et casquée, peut-être d'un roi grec. Haut., 4 cent.

269 — Petite tête d'acteur coiffé de son masque. Haut., 45 millim.

270 — Tête d'adolescent, presque de grandeur naturelle. Beau style. — Italie. Terre pâle. Haut., 21 cent.

271 — Pomme de grenade. Haut., 115 millim.

272 — Deux pommes de coing. Haut., 9 cent.

273 — Tessère en terre brune, représentant un éléphant à droite ; dessus, la lettre A. Diam., 25 millim.

274 — Moule figurant une tête de roi oriental, de face, barbue et coiffée d'une mitre. Diam., 103 millim.

II. MASQUES DE THÉATRE, ETC.

275 — Pulcinella. Moule, en deux parties, d'un vase en forme de tête grotesque, au nez énorme, avec une branche de lierre autour du front. C'est le polichinelle des Atellanes. — Asie Mineure. Collection Julien Gréau. Haut., 16 cent.

276 — Grand masque scénique de satyre grec, coiffé d'un bandeau et de lierre en fleur. Antéfixe de beau style. — Italie méridionale. Terre de brique. Haut., 20 cent.

277 — Grand masque tragique de femme, le diadème triangulaire et orné d'un bijou, les cheveux bouclés et peints en rouge. Pupilles et bouche à jour. Haut., 20 cent.

278 — Grand masque de femme, estampé, les yeux à jour. — Trou de suspension. Haut., 19 cent.

279 — Grand masque de négrillon, estampé, les yeux et la bouche à jour. — Naples. Trou de suspension. Haut., 18 cent.

280 — Masque estampé de Méduse, avec diadème orné de sept boutons, les yeux ajourés. — Trois trous de suspension. Haut., 17 cent.

281 — Grand masque grotesque, l'œil gauche clos, le front déformé par une forte gibbosité. — Le menton manque. Haut., 17 cent.

282 — Masque estampé de femme, coiffée de lierre en fleur, les yeux à jour, la bouche légèrement entr'ouverte. — Trois trous de suspension. Haut., 17 cent.

283 — Grand masque scénique de Silène, coiffé de lierre, la bouche en entonnoir. — Italie méridionale. Terre de brique. Haut., 16 cent.

284 — Masque comique, bouches et narines à jour. Haut., 15 cent.

285 — Grand masque de Faunisque, la bouche ajourée. — Même terre. Haut., 15 cent.

286 — Double masque scénique, l'un d'une femme, l'autre d'un satyre. — Fragment. Long., 15 cent.

287 — Deux masques scéniques réunis : celui d'une femme, tourné à gauche, et un masque d'homme barbu, vu de face. Haut., 14 cent.

288 — Masque comique, coiffé à la fois d'un strophium et d'une bandelette. — Collection Saulini. Haut., 14 cent.

289 — Masque scénique de femme diadémée, les pupilles et la bouche à jour. Haut., 14 cent.

290 — Autre, l'*onkos* bouclé, la bouche seule ouverte. Haut., 11 cent.

291 — Masque de vieillard, tout sillonné de rides, les yeux à jour. — Smyrne. Haut., 12 cent.

292 — Assemblage de deux masques scéniques, l'un imberbe et coiffé d'un bonnet phrygien, l'autre d'un satyre. — Grande-Grèce. Haut., 12 cent. ; larg., 16 cent.

293 — Masque scénique coiffé de feuilles de lierre, avec une guirlande de fleurs sur le front. — Même provenance. Haut., 12 cent.

294 — Masque scénique de Satyre. — Terre de brique. Haut., 12 cent.

295 — Masque imberbe. Haut., 11 cent.

296 — Masque estampé de jeune fille. — Beau style. Haut., 11 cent.

297 — Masque scénique de la Tragédie grecque, barbu, les cheveux redressés sur le front et frisés en boucles verticales. — Peinture rouge. Haut., 11 cent.

298 — Masque de vieillard à la barbe très allongée et se terminant en pointe, la bouche à jour. — Asie Mineure. Haut., 11 cent.

299 — Masque scénique de la Comédie, la bouche en entonnoir. Haut., 10 cent.

300 — Masque imberbe estampé, la bouche à jour. Haut., 106 millim.

301 — Petit masque de femme diadémée, les cheveux bouclés, la bouche à jour. — Stuc. Haut., 10 cent.

302 — Masque d'enfant couronné de lierre en fleur, les yeux et la bouche à jour. Haut., 9 cent.

303 — Masque de Satyre grec, la barbe taillée en coin, la bouche à jour. Haut., 9 cent.

304 — Masque d'acteur, les globes des yeux proéminents, le front tout couvert de rides, la bouche non ajourée. — Sicile. Haut., 9 cent.

305 — Petit masque de femme grotesque, la bouche étirée, le front ceint d'un bandeau piqué de feuillage, les cheveux noués en crobyle. Haut., 9 cent.

306 — Masque d'homme imberbe, le front paré d'un strophium, la bouche à jour. Haut., 83 millim.

307 — Masque barbu, le front paré d'une grosse torsade. Haut., 8 cent.

308 — Masque scénique. Haut., 8 cent.

309 — Petit masque de Pan. Haut., 78 millim.

310 — Petit masque estampé de vieille femme, la bouche à jour, l'oreille droite parée d'un petit disque. Haut., 7 cent.

311 — Autre, figurant une tête imberbe, les globes des yeux très en saillie, la bouche ajourée. Haut., 7 cent.

312 — Masque de vieille femme, coiffée de fleurs et d'une bandelette, la bouche entr'ouverte et laissant voir la rangée inférieure des dents. Haut., 7 cent.

313 — Masque grotesque, l'œil droit presque fermé, le nez de travers et la moitié de la bouche paralysée. Haut., 66 millim.

314 — Masque scénique de vieille femme, couronnée d'un strophium et de fleurs, et parée de boucles d'oreilles. Haut., 6 cent.

315 — Masque de femme riant, la bouche à jour. Haut., 5 cent.

III. BAS-RELIEFS

Scènes de la palestre, du cirque et de l'amphithéâtre.

316 — ANTÉFIXE d'ancien style. — Jeune cavalier casqué, assis, à la manière des femmes. — Tête restaurée. Haut., 25 cent.; larg., 23 cent.

317 — BAS-RELIEF *Campana.* — Façade de temple à fronton triangulaire. Au milieu, entre deux hautes colonnes corinthiennes et sous une guirlande de fleurs, la statue d'Hercule appuyé sur une massue et portant la peau de lion. De chaque côté, une colonnade plus basse, sous laquelle sont placées quatre statues d'athlètes (deux cestiaires, l'*Apoxyomenos* de Lysippe et un athlète victorieux, tenant une palme et se couronnant lui-même). Haut., 39 cent.; larg., 41 cent.

318 — BAS-RELIEF *Campana.* — Façade de temple. Au milieu, entre deux hautes colonnes cannelées et sous une guirlande, la statue d'Hercule sur une base. Le dieu s'appuie sur sa massue et porte au bras gauche la peau de lion. De chaque côté de la statue, une colonnade ornée de guirlandes et de masques de Silène. L'architrave des colonnades est surmontée d'arcatures et de palmettes. Haut., 33 cent.; larg., 44 cent.

319 — BAS-RELIEF *Campana.* — Trois bestiaires combattant un lion, un ours et une panthère. Les deux premiers portent le costume des gladiateurs. Au second plan, une tribune à trois étages, et, dans les trois loges supérieures, des spectateurs. Dans le haut, une frise de palmettes, fragmentée. Haut., 33 cent.; larg., 40 cent.

320 — BAS-RELIEF *Campana*; fragment. — Silène allant à droite en jouant de la double flûte. Devant lui, un bouc (brisé). Haut., 22 cent.; larg., 24 cent.

321 — BAS-RELIEF *Campana*; fragment. — Deux masques scéniques de la Comédie romaine juxtaposés, chacun sous une arcature. Haut., 13 cent.; larg., 18 cent.

322 — Masque détaché, ayant fait partie d'un bas-relief semblable. Haut., 11 cent.

323 — LES DIOSCURES A CHEVAL. A droite, un mur de temple et deux colonnettes. — Fragmenté. Haut., 24 cent.; larg., 25 cent.

324-325 — Antéfixe figurant un masque de femme, aux cheveux calamistrés et coiffés d'une bandelette et de lierre, entre deux masques bachiques, l'un d'un jeune Satyre, l'autre d'un Silène couronné de lierre en fleur. Devant le masque de Satyre, un pedum et une syrinx ; devant celui de Silène, un thyrse paré de bandelettes. Haut., 17 cent. ; larg., 44 cent.

326 — Masque de femme et syrinx (fragment du n° précédent). Haut., 15 cent.

327 — Masque scénique de Silène, fragment de haut-relief. Haut., 12 cent.

BRONZES

Acteurs, Bouffons, Acrobates, etc.

I. FIGURINES

328 — Acteur comique debout, le visage caché sous son masque. Vêtu d'une tunique courte, sans manches, le manteau replié sur l'épaule, il pose en récitant son rôle, la main droite sur le bras gauche qui est enveloppé du manteau. On dirait *l'Avare* de Plaute. Patine rugueuse, base carrée antique. Hauteur totale, 155 millim.

329 — Buste (fragment de statuette) penché en avant, d'un acteur grec figurant un vieillard et dont les mains fermées s'appuyaient sur un bâton. Il a pour vêtement une tunique sans manches et l'himation plié en écharpe. — Beau style. Haut., 60 millim.

330 — Acteur assis sur un autel, les bras ramenés sur la poitrine, la tête penchée légèrement vers l'épaule gauche. — Patine rugueuse. Base en jaune de Sienne et en marbre noir. Les pieds manquent. Haut., 64 millim.

331 — Acteur couché à gauche, le bras gauche appuyé sur deux coussinets. Il est entièrement couvert d'une draperie qui lui sert de voile et dont il saisit les bords à la tempe droite. — Patine verte. Haut., 35 millim. ; long., 62 millim.

332 — Très petite figurine d'acteur assis sur un siège carré, sur lequel il appuie le bras gauche. Le corps un peu penché, les jambes croisées, il porte la tunique courte et l'himation qui lui couvre le bras droit. — Socle en marbre rouge. Haut., 37 millim.

333 — Lampe figurant un acteur phallique. Haut., 65 mill. ; long., 10 cent.

334 — Petit vase. — Deux quadriges victorieux s'arrêtant auprès d'une stèle surmontée d'une statue d'Athéné Promachos. Sujet en relief sur la panse du vase. — Patine verte. Haut., 12 millim.

335 — Discobole grec. — Éphèbe nu, de face, la tête tournée de trois quarts vers la gauche du spectateur ; sa main droite abaissée tient le disque ; l'autre, à demi fermée, est tendue en avant ; le poids du corps repose sur la jambe droite. — Base en jaune de Sienne. Collection Warneck. Hauteur (avec le socle mouluré), 112 millim.

336 — Discobole d'ancien style étrusque. — Éphèbe nu, de face, la tête vivement tournée vers l'épaule droite, la jambe gauche fléchie ; sa main gauche abaissée tient le disque, l'autre se lève (pour servir de support à une tige de candélabre). — Belle patine vert pâle luisant. Socle en vert antique. Vente Warneck, n° 158. Haut., 95 millim.

337 — Jeune Étrusque nu, venant de lancer son disque et de se relever pour le suivre du regard. Ancien style. — Patine verte. Socle en porphyre. Les doigts de la main gauche manquent. Collection Warneck, n° 158. Haut., 83 millim.

338 — Groupe de deux lutteurs nus, juxtaposés et se prenant par la nuque, l'un d'eux porte une ceinture autour des reins. — Belle patine verte. Poignée de couvercle d'une ciste latine de Palestrina. Haut., 82 millim.

339 — Groupe de deux amours lutteurs. — Applique découpée. Haut., 62 millim.

340 — Coureur étrusque, debout à gauche. Coiffé d'un chapeau conique, une ceinture autour des reins, il serre les poings contre la poitrine. — Ancien style, patine verte rugueuse. Sous la base, un tenon. Haut., 75 millim.

341 — Groupe de trois figurines : deux jeunes acrobates nus, faisant la culbute en arrière (*poignées de ciste*) et un adolescent nu, debout, levant les bras symétriquement et ayant les mains ouvertes. — Trouvé à Palestrina. Patine verte. Base en jaune de Sienne et en marbre noir. Hauteur de la figurine debout, 14 cent. ; longueur des figurines couchées, 9 cent.

342 — Jeune acrobate faisant la culbute en arrière ; sous ses pieds, une Sirène étrusque à quatre ailes, vue de face, les bras repliés et ramenés symétriquement sur le devant. — Anse de vase. Patine verte. Socle en bois poli. Haut., 12 cent.

343 — Petit garçon nu, le corps replié et renversé en arrière, les bras levés et soutenant une boule ciselée. — Poignée de couvercle, art romain. Belle patine verte. Long., 62 millim.

344 — Jeune fille acrobate faisant la culbute en arrière. — Poignée de ciste étrusque (avec deux tenons). Patine verte. Long., 75 millim.

345 — Jeune acrobate nu, faisant la culbute en arrière ; ses mains et ses pieds reposent sur des attaches façonnées en feuille de lierre. — Anse de vase. Patine verte. Hauteur totale, 14 cent.

346 — Même motif, les bras repliés et levés à la hauteur des épaules. — Art étrusque d'ancien style. Patine verte. Haut., 63 millim.

347 — Jeune acrobate étrusque, marchant sur les mains ; il porte une ceinture autour des reins. — Patine verte. Base carrée antique, à deux degrés. Haut., 98 millim.

348 — Nain alexandrin dansant et jouant des crotales, le manteau plié en écharpe et passé autour des reins. — Beau style de l'époque hellénistique. Patine verte rugueuse. Vente Warneck, n° 155. Socle en vert antique, en porphyre et en brocatelle. Haut., 12 cent.

349 — Pygmée combattant. — Il est nu, barbu, debout en posture de combat, et s'avance les poings fermés. — Même style. Patine verte rugueuse. Socle en rouge antique. Haut., 132 millim.

350 — Nain alexandrin debout, les jambes jointes, les bras repliés et levés symétriquement (pour servir de support à un candélabre). L'expression de son visage indique qu'il est accablé sous le poids qu'il porte. — Base en marbre blanc. Haut., 95 millim.

351 — Jeune danseur nu, à double phallus ; il est coiffé d'un haut bonnet pointu et joue des crotales ; les phallus se terminent en têtes d'animaux. Au revers, une bélière et un anneau de suspension. — Art alexandrin. Patine rugueuse. Haut., 115 millim.

352 — Danseur alexandrin, phallique, se dirigeant vers la gauche, le corps contorsionné, une paire de crotales à chaque main. Il porte une guirlande de fleurs au cou ; le manteau, plié en écharpe, est passé autour des reins. — Bel art de l'époque hellénistique. Patine rugueuse. Socle en jaune de Sienne. Collection Warneck. Haut., 97 millim.

353 — Petit Pygmée combattant. Jambes très courtes ; mains et avant-bras gauche brisés ; bélière sur la tête. — Patine verte rugueuse. Haut., 7 cent.

354 — Hercule nain, debout, les jambes écartées, la peau de lion lui couvrant la tête et le dos ; sa main droite tient une massue appuyée sur l'épaule. — Art alexandrin. Socle en jaune de Sienne et en marbre noir. Haut., 53 millim.

355 — Nain alexandrin en gladiateur, debout en posture de combat, le bras droit muni d'une manche de cuir, le *perizoma* autour des reins, les jambes protégées par des cnémides. Son bras gauche se replie sur la poitrine, sa main droite tenait une arme. — Base ronde antique. Patine verte. Hauteur totale, 10 cent.

356 — Vieille femme grotesque debout, nue, coiffée d'un céryphale, la main gauche soutenant le sein. — Socle en jaune de Sienne. Haut., 38 millim.

357 — Buste drapé de lutteur syrien, le visage grotesque, le nez faussé, la tête couronnée de lierre. — Patine verte. Haut., 6 cent.

358 — Nain debout, en tunique courte, les jambes croisées. — Applique. Patine rugueuse. Haut., 63 millim.

359 — Jeune Étrusque nu, debout, jouant à la balle. — Trouvé près de Chiusi. Belle patine verte. Haut. 8 cent.

360 — Amazone à cheval, à droite, le bras droit levé pour lancer un javelot. — Renaissance. Socle en jaune de Sienne. Le bras gauche de l'amazone et la queue du cheval manquent. Haut., 92 millim.

361 — Cheval galopant à droite. — Base antique. Hauteur totale, 10 cent.; larg., 9 cent.

362 — Deux chevaux libres galopant à droite ; bronze étrusque. Haut., 73 millim.; larg., 80 millim.

363 — Cheval sellé, à droite (applique découpée) ; devant lui, un cartel portant une inscription incrustée d'argent et qui nous donne le nom du cheval, TAGVS. En exergue, deux branchettes en sautoir. Le cercle qui renferme le tout et qui est orné d'un cep de vigne gravé en creux et plaqué d'argent, se termine au sommet par une poignée. — Collection Warneck. Socle en lapis-lazuli. Haut., 10 cent.

364 — Tête de lion d'ancien style étrusque, en bronze estampé, ayant servi de timon de char. Les yeux sont incrustés de pâtes de verre (blanc et jaune d'ambre). Long., 10 cent.; diamètre de la tranche, 93 millim.

365 — Deux petites figurines de gladia[illegible]rs en posture de combat. L'un, le *Samnite*, porte un casque, des [illegible]bières, la manche droite en cuir, un bouclier carré et une épée courte ; l'autre porte un casque

à visière, presque plat et se rabattant sur les côtés. — Patine rugueuse. Socle en jaune de Sienne. Haut., 55 et 60 millim.

366 — Gladiateur agenouillé de face, la main gauche sur le genou. — Base carrée en bronze antique. Patine verte. Collection Warneck, n° 154. Hauteur totale, 65 millim.

367 — Gladiateur debout, le bras droit pendant, la poitrine couverte par un bouclier carré et concave. — Manque les pieds et le bas des jambes. Haut., 62 millim.

368 — Plaquette en forme de temple distyle. Le bas-relief représente un cerf à gauche, terrassé par un lion ; un bestiaire, en tunique courte, est debout derrière le lion et le saisit par la crinière. — Patine verte. Haut., 75 millim. ; larg., 11 cent.

369 — Jeune Étrusque debout, sonnant de la *tuba*. Son manteau est replié sur l'épaule gauche et le bras ; la tuba a une traverse. — Socle rond antique, orné de ciselures. Patine verte. Vente Sarti (de Rome), n° 27. Hauteur totale, 10 cent.

370 — Petit Silène, de face, jouant de la double flûte. Jambes nues, croisées. — Applique étrusque. Haut., 5 cent.

371 — Jeune faune (sans l'hippouris), dansant et jouant des crotales. Couronné de lierre. — Jolie patine vert pâle. Socle en jaune de Sienne. Haut., 11 cent.

372 — Petit garçon nu, dansant. Tête inclinée, jambe gauche repliée, bras étendus. — Base antique circulaire. Avant-bras gauche brisé. — Haut., 8 cent.

373 — Légionnaire romain, casqué et cuirassé ; son bras droit levé s'appuyait sur le *pilum*, sa main gauche tenait l'épée. — Très belle patine. Main droite brisée. Haut., 11 cent.

374 — Soldat étrusque tenant à sa main droite levée une épée nue. — Patine verte. La main gauche manque. Haut., 7 cent.

375 — Guerrier casqué et cuirassé, debout, le bras droit abaissé. — Belle patine verte. Hauteur (avec la base antique), 98 millim.

376 — Archer agenouillé à gauche, le carquois suspendu à la ceinture ; son bras gauche, étendu, tenait l'arc. — Applique en fonte pleine. Haut., 65 millim.

377 — Grande figurine d'Amour au vol, tenant à sa main gauche un flambeau, le bras droit abaissé. Beau style grec de l'époque hellénistique. — Patine verte rugueuse. Hauteur (avec la base antique), 23 cent.

378 — Petit amour au vol, la tête retournée et le col tordu de façon à ce que le visage se place entre les ailes; bras droit levé, l'autre abaissé et dans la même position que la tête. — Patine rugueuse. Haut., 10 cent.

379 — Hercule *bibax*. — Vêtu d'un ample manteau, il s'avance, ivr[illegible]ers le spectateur, le corps et la tête penchés en arrière. Dans sa main gauche, il tient une coupe à deux anses. — Beau style grec. Patine noire. Collection Ch. Mannheim. Socle en jaune de Sienne. Haut., 48 millim.

380 — Homme barbu, couronné de pin, le manteau sur l'épaule gauche et autour des reins. Ce doit être un vainqueur aux Isthmiques. Il se dirige vivement vers la gauche du spectateur, les mains fermées et la droite abaissée. — Bronze grec. Patine verte rugueuse. Base en rouge antique. Haut., 23 cent.

381 — Jeune acteur, debout, vêtu d'une tunique courte et d'une ceinture, chaussé de souliers et d'une espèce de guêtres. Il tend ses deux bras en avant; sa main gauche tenait un objet perdu, l'index et le pouce de la main droite tiennent une petite rondelle. — Art romain. Patine noire. Haut., 17 cent.

382 — Femme debout, en costume grec, la tête légèrement détournée, les bras levés. — Base antique, patine rugueuse. Hauteur (sans le socle), 85 millim.

383 — Homme barbu et drapé, les jambes serrées l'une contre l'autre, les bras avancés symétriquement et s'appuyant sur un bâton. — Décor de meuble. Patine rugueuse. Haut., 5 cent.

384 — Petit garçon debout, coiffé d'une bandelette et drapé dans un manteau qui ne laisse apparaître que les mains et les pieds. Sa main gauche tient un rouleau de papyrus. — Patine verte, base ronde antique. Haut., 78 millim.

385 — Petit garçon nu, traînant son manteau par terre. Haut., 7 cent.

386 — Enfant nu, debout, levant les deux bras, comme saisi de frayeur. Haut., 59 millim.

387 — Petit garçon debout, coiffé d'une bandelette et tout enveloppé de son manteau. — Base antique triangulaire, dentelée. Belle patine verte. Collection Pourtalès. Haut., 9 cent.

389 — Négrillon vêtu d'une tunique courte et d'un manteau. — Jambes en partie brisées. Haut., 85 millim.

390 — ENFANT debout, levant le bras droit. Sa tunique s'arrête aux genoux, ses pieds sont chaussés de souliers, ses cheveux noués au-dessus du front. — Les mains manquent. Haut., 62 millim.

391 — GRANDE FIGURINE de panthère bachique; beau style grec. Elle a la gueule ouverte et la patte gauche levée. — Belle patine noire. Socle en lapis-lazuli. Haut., 18 cent. ; long., 25 cent.

392 — LION en marche. — Bronze étrusque. Patine verte rugueuse. Haut., 65 millim.; long., 8 cent.

393 — PETITE FIGURINE de lion couché. — Belle patine luisante. Long., 4 cent.

394 — LIONNE couchée (manche d'outil). Long., 7 cent.

395 — PETITE PANTHÈRE, la patte droite levée. Long., 6 cent.

396 — AUTRE, levant la patte gauche. Long., 6 cent.

397 — PETIT CHIEN assis, levant la patte droite. — Singe accroupi coiffé d'un capuchon. — Ours accroupi. — Singe assis, les bras accoudés sur les genoux et soutenant la tête. Haut., 36 à 54 millim.

II. MASQUES DE THÉATRE

398 — MASQUE de Silène, le front chauve, la bouche ajourée, la barbe et les moustaches frisées en longues boucles. — Applique grecque d'un très beau style. Collection Warneck, nº 188. Socle en marbre noir. Haut., 85 millim.

399 — Lampe figurant la moitié gauche d'un masque tragique. — Patine verte. Long., 13 cent.

400 — PETIT MASQUE tragique, la bouche à jour, l'*onkos* très élevé et se terminant en pointe. Haut., 7 cent.

401 — AUTRE, avec l'*onkos* plus bas et façonné en diadème, les pupilles gravées. — Patine noire. Haut., 53 millim.

402 — AUTRE, plus arrondi et ayant servi d'anse de situle. Haut., 87 millim.

403 — PALMETTE ajourée, sur laquelle se détache un masque de la Comédie romaine, la bouche en entonnoir. — Patine verte. Hauteur totale, 155 millim.

404 — PETIT MASQUE de femme, les yeux percés, la bouche largement découpée. Haut., 4 cent.

405 — Masque de Satyre grec, couronné de lierre en fleur, la bouche façonnée en passoire. Collection Warneck, n° 163. — Socle en vert antique. Haut., 45 millim.

406 — Masque de Silène, chauve, avec trois pastilleges au front, la bouche en déversoir. Haut., 5 cent.

407 — Masque de la Comédie romaine. Haut., 5 cent.

408-409 — Deux autres ; décors de meuble. Haut., 3 cent.

410 — Masque de Satyre grec, couronné de lierre et de corymbes, la bouche en déversoir de situle. Haut., 55 millim.

411 — Plaquette oblongue, un peu courbe, orné de deux masques de théâtre ; entre eux, une guirlande. Larg., 58 millim.

412 — Mascaron de femme, les cheveux bouclés, la bouche évidée. Haut., 3 cent.

413 — Petit masque grotesque, la bouche allongée en déversoir. Haut., 28 millim.

414-418 — Cinq petits masques de théâtre variés.

419 — Masques de pantomimes. — Masque de femme diadémée, de beau style. — Patine verte. Haut., 62 millim.

420 — Autre, le front garni d'un rang de bouclettes. Haut., 55 millim.

421-423 — Trois petits masques féminins de la Tragédie.

424 — Mascaron de femme diadémée (fruste).

425 — Masque comique de Silène, couronné de lierre en fleur. Haut., 47 millim.

426 — Mascaron de femme, arrondi.

427 — Tête imberbe d'acteur (fragment de figurine).

III. INSTRUMENTS DE MUSIQUE

428 — Petite tuba romaine en bronze, l'anche en ivoire. Larg., 47 cent.

429 — Paire de cymbales, les anneaux fixés dans des rosaces. Diam., 98 millim.

430-431 — Deux autres paires et une cymbale seule. Diam., 8 à 14 cent.

432 — Sistre à manche cannelé ; au sommet, une panthère couchée. Haut., 10 cent.

433 — Sistre à manche façonné au tour; au sommet, un animal couché, à tête humaine coiffée du pschent. Haut., 20 cent.

434 — Sistre, le manche en forme de branche noueuse; au sommet, une lionne couchée allaitant un enfant. Haut., 25 cent.

435 — Autre, à manche tordu; au sommet, un animal couché, à tête humaine. Haut., 20 cent.

436 — Autre, le manche en forme de pied de biche. Haut., 85 millim.

437 — Collection de clochettes, rondes et carrées, dont quelques-unes avec leurs battants.

438 — Grelot de cheval. Haut., 4 cent.

IV. USTENSILES, ARMES, PARURE, ETC.

439 — Superbe miroir étrusque. — Achille et Ajax, assis en face l'un de l'autre, jouent aux dames sur une tablette oblongue posée sur leurs jambes. Entre les joueurs, au second plan, on voit une déesse (*Vénus*) debout, diadémée, drapée et parée d'un collier. Bordure d'olivier. En exergue, un hippocampe nageant à gauche. Beau style archaïque, dessin très fin. — Collection Martinetti. Patine bleu clair. Diam., 17 cent.

440 — Cinq strigiles de bain.

441 — Bracelet étrusque à double tour de spirale; on y a accroché cinq anneaux de bronze plats.

442 — Fibule étrusque d'ancien style (à *navicella*), avec six anneaux mobiles.

443 — Autre, avec huit anneaux.

444 — Anneau taillé en biseau et chargé de cinq anneaux plus petits.

445 — Anneaux plats, maintenus par paires à l'aide d'un anneau filiforme.

446 — Douze grands anneaux palestriques, en fonte pleine, les tiges garnies, à intervalles égaux, de disques et de bourrelets. Diam., 11 à 21 cent.

447 — Hochet. — Disque creux, de forme lenticulaire, renfermant quelques cailloux. Manche long et plat, terminé par un disque troué. — Patine verte. Long., 30 cent.

448 — HOCHET. — Boîte en forme de barillet, cerclé d'anneaux et muni, à sa base, d'une série d'annelets qui font du bruit lorsqu'on agite l'objet. Manche formé par une tige simple et se terminant en patte d'écrevisse. Haut., 28 cent.

449 — GLAND suspendu à une chaînette tressée, le crochet amorti par une tête d'aigle.

450 — BEC DE FONTAINE, orné d'une tête d'animal à col recourbé. — Fin du moyen âge. Haut., 12 cent.

451 — ARME de gladiateur, la *sica* des Thrace.

452 — *Umbo* de bouclier étrusque, ciselé et bordé d'un cercle plat. — Patine verte. Diam., 33 cent.

453 — AUTRE, avec deux rivets subsistant. Diam., 32 cent.

454 — AUTRE. Diam., 30 cent.

455 — *Umbo* de bouclier étrusque à dessins géométraux très fins et ajourés. — Patine verte. Diam., 232 millim.

456 — CARQUOIS (?) couvert d'ornements géométraux (quadrillages, triangles rayés, etc.). Haut., 41 cent.

457 — *Flagellum* formé de plusieurs chaînettes garnies de petites boules.

458 — AUTRE, avec son manche, les chaînettes tressées en anneaux de trois fils. Long., 32 cent.

459 — *Crochet* à neuf dents, le manche en spirale. Long., 40 cent.

460-461 — DEUX AUTRES, à sept et huit dents.

462 — ORNEMENTS DE CHEVAL, étrusques, de forme triangulaire, le haut ajouré, le bas chargé d'anneaux de bronze.

463 — TROIS OSSELETS.

464 — POLYÈDRES, dont l'un couvert de point clos.

465 — PETIT ÉLÉPHANT monté par son cornac (pion de jeu). Haut., 38 millim.

466 — FAC-SIMILÉS D'ARMES DE BRONZE trouvés à Pompéi dans la *Caserne des gladiateurs* et conservées au Musée de Naples. Il y a trois casques, quatre jambières, un bouclier rond et un instrument d'usage inconnu.

Ces reproductions sont uniques et n'ont pu être faites qu'avec une autorisation spéciale du directeur du Musée.

IVOIRE ET OS

467 — Statuette-applique en ivoire, représentant un acteur récitant son rôle appuyé sur l'épaule d'un jeune esclave. Haut., 95 millim.

468 — Grande poupée articulée : femme nue. Haut., 17 cent.

469 — Autre plus petite ; son pied droit manque. Haut., 11 cent.

470 — Tête de femme, les cheveux noués en chignon. Haut., 5 cent.

471 — Petit masque scénique de femme. Haut., 36 millim.

472 — Lyre plantée sur l'omphale de Delphes, enlacé du serpent Python. Haut., 14 cent.

473-474 — Deux flutes. Long., 47 cent. et 52 cent.

475 — Fragment de flute en bois recouvert d'une feuille de bronze. Long., 133 millim.

476 — Grande flute en bois recouvert d'une feuille de bronze. Long., 58 cent.

477 — Autre, avec clef latérale. Haut., 44 cent.

478 — Pyxis (sans fond et sans couvercle), ornée d'un bas-relief : enfant nu, accroupi, tenant une grappe de raisin. Derrière lui, un autre enfant, couché, qui le regarde. Haut., 38 millim.

479 — Petite pyxis cylindrique avec son couvercle. Ornement à la base. Haut., 67 millim.

480 — Gobelet orné de moulures. Haut., 9 cent.

481 — Autre, avec son couvercle. Haut., 67 millim.

482 — Grande collection de dés a jouer, en ivoire et en os, plusieurs avec de belles patines vertes.

I. TESSÈRES ORBICULAIRES

483 — Tête de Jupiter à droite, la barbe taillée en coin. ℞. ZЄYC entre les chiffres I et A. — Ivoire. Diam., 31 millim.

484 — Buste de Sérapis à gauche, coiffé d'une bandelette et d'un boisseau cannelé. ℞. CЄPAΠIC entre les chiffres VII et Z. — Ivoire. Diam., 34 millim.

485 — Agathodémon couché à droite, sur une base. Il a la forme d'un sphinx à tête de griffon et à queue de coq. ℞. ΑΓΑΘΟϹ ΔΑ, entre les chiffres V et Є. — Ivoire. Diam., 28 millim.

486 — Tête imberbe de jeune homme. ℞. ЄΡΜΑϹ entre les chiffres XIIII et IΔ. — Ivoire. Diam., 27 millim.

487 — Femme couchée à droite, sur un lit de repos, la tête tournée en arrière, la main gauche levée et tenant un pan de draperie. ℞. ΧЄΛΙΔΩΝ entre les chiffres IIII et Δ. — Ivoire. Diam., 31 millim.

488 — Façade d'un édifice à trois étages (l'Eleusinion d'Alexandrie). ℞. ЄΛЄΥϹΙΝΟΙΝ (*sic*) entre les chiffres V et Є. — Ivoire. Diam., 29 millim.

489 — Façade d'un temple égyptien ; un escalier de cinq marches conduit à la porte d'entrée sous laquelle on voit un canope. ℞. ΚΥΝΩΠΟϹ (*sic*) entre les chiffres XV et IЄ. — Ivoire, patine verte. Diam., 28 millim.

490 — Coupole de temple, soutenue par deux colonnes. ℞. ΝΑΟϹ entre les chiffres X et I. — Ivoire. Diam., 29 millim.

491 — Crocodile à gauche, dans un champ de fèves ; derrière, un enfant nu, accroupi sur la plate-forme d'une tour. ℞. ΚΥΑΜΩΝ entre les chiffres X et I. — Ivoire. Diam., 31 millim.

492 — Tête d'épervier à gauche, avec le klaft. ℞. VIIII et Θ. — Ivoire. Diam., 31 millim.

493 — Main droite figurant le chiffre VI. ℞. VI. — Ivoire percé de deux trous. Diam., 29 millim.

494 — Coquillage (*nautilus*). ℞. XI et IA. — Ivoire. Diam., 30 millim.

495 — Gerbe d'épis de blé. ℞. XII et IB. — Ivoire. Diam., 29 millim.

496 — Meuble cylindrique? ℞. IIII et Δ. — Ivoire. Diam., 30 millim.

497 — Nain difforme, à gauche, dansant, la tête coiffée d'un chapeau conique et retournée en arrière ; sa main gauche tient une tige de blé. Style alexandrin, gravure très belle. ℞. XIIII et IΔ. — Agate noire. Diam., 26 millim.

498 — Sujet érotique ; au pied du lit, une lampe sur un candélabre. ℞. VII et Z. — Ivoire. Diam., 32 millim.

499 — Même sujet. ℞. II et B. — Ivoire. Diam., 33 millim.

500 — DANSEUSE grotesque, à droite, jouant du tambourin, la tête tournée en arrière. Gravure en creux. ℟. III et Γ. — Ivoire. Diam., 29 millim.

501 — BUSTE de femme à droite, le visage grotesque, coiffée à l'égyptienne, gravure en creux. ℟. VI et le *stigma*. — Ivoire. Diam., 29 millim.

502 — SERPENT enroulé, à droite; gravure en creux. ℟. XIII et IΓ. — Ivoire. Diam., 30 millim.

503 — BOUQUET de plantin; gravure en creux. ℟. IIII et Δ. — Ivoire. Diam., 32 millim.

504 — MASQUE de Méduse. ℟. Lisse. — Ivoire. Diam., 43 millim.

505 — TÊTE laurée d'Auguste, à gauche. ℟. Lisse. — Terre cuite. Bordure endommagée. Diam., 35 millim.

506 — TROIS PETITES TESSÈRES avec gravure au trait, la même sur chaque face : 1) Tablette avec sa poignée. 2) La lettre T. 3) Un Δ grec. — Trouvées à Rome. Ivoire. Diam., 21 millim.

507 — QUATRE TESSÈRES rondes ornées de moulures ℟. Les chiffres romains : IIII, VI, VIII, VIIII. — Ivoire.

508 — SEPT AUTRES portant au revers des chiffres romains et grecs : VII—Z (2 exempl.), VIIII—Θ (2 exempl.), XII—IB, XIII—IΓ (2 exempl.). — Ivoire.

II. TESSÈRES ROMAINES OBLONGUES

509 — RÉGLETTE avec trou de suspension. Inscriptions gravées sur les quatre faces : MALCHIO—FVNDILI SP·ID·SEX—L·PIS·A·GAB. Le consulat de L. Calpurnius Piso et Aulus Gabinius correspond à l'an 58 avant l'ère chrétienne. — Ivoire. Long., 47 millim.

510 — AUTRE, très petite. DARDA·BAB—NON FEBR—SPECT—L·CORN·L·VAL. Le consulat de Lucius (*plutôt* Cnaeus), Cornelius Cinna et L. Valerius Messalla correspond à l'an 5 de l'ère chrétienne. La paléographie ne permet pas d'attribuer cette tessère à une époque plus ancienne. — Ivoire. Long., 34 millim.

511 — RÉGLETTE plate, munie, à l'une de ses extrémités, d'un petit disque ciselé et perforé. Inscription gravée : TVBE. ℟. X. — Ivoire. Long., 47 millim.

512 — AUTRE, la poignée sans ciselure. VIX RIDES. ℟. XIII. — Ivoire. Long., 50 millim.

513 — Autre, sans poignée. **PERNIX**. ℞. **XVII**. — Ivoire. Long., 43 millim.

514 — Autre. **FORTVNAT**. ℞. **XXIIII**. — Ivoire. Long., 46 millim.

515 — Autre. **VEL**. ℞. **XXX**. — Ivoire. Long., 52 millim.

516 — Autre, sans poignée, **FELIX**. ℞. **↓X** (60). — Ivoire. Long., 37 millim.

III. FORMES VARIÉES

517 — Tête grotesque, le crâne rasé. Le chiffre **III**. — Ivoire. Haut., 14 millim.

518 — Jambon. ℞. **VI**. — Ivoire. Long., 52 millim.

519 — Moitié d'une oie plumée. ℞. **VIII**. — Ivoire. Long., 50 millim.

520 — Autre exemplaire. ℞. **XI**. — Ivoire. Long., 41 millim.

521 — Colombe à gauche. ℞. **II**. — Ivoire. Long., 34 millim.

522 — Dauphin; sur chaque face, le chiffre **IV**. — Ivoire. Long., 60 millim.

523 — Poisson. ℞. **III**. — Long., 24 millim.

524 — Grenouille. ℞. **X**. — Ivoire. Long., 24 millim.

525 — Amande. ℞. **XI**. — Ivoire. Long., 24 millim.

526 — Deux fruits: sur les tranches, les chiffres **II** et **VIII**. — Ivoire. Haut., 16 millim.

527 — Petit chien couché; verre bleu émaillé. Long., 20 millim.

528 — Chien couché; sur la base, ovale, quelques annelets ponctués au centre. — Ivoire. Long., 36 millim.

529 — Autre exemplaire.

530 — Petite noix en ivoire. Haut., 22 millim.

531 — Colombe tournée à gauche. — Ivoire à patine verte. Long., 50 millim.

532 — Chien courant à droite. — Ivoire. Haut., 45 millim.

533 — Dauphin percé d'un trou de suspension. — Ivoire. Long., 52 millim.

534 — Colombe tournée à droite. — Ivoire à patine verte. Long., 38 millim.

535 — Écrevisse en ivoire. Long., 72 millim.

536 — Rondelle épaisse, bordée, sur l'une de ses faces, de douze points clos. — Ivoire à patine verte. Diam., 29 millim.

537 — Tête de femme à droite, en relief sur une rondelle (fruste). Beau style. — Ivoire. Diam., 28 millim.

538 — Masque d'acteur comique, à gauche, et le chiffre XVII gravé sur une plaque d'ivoire carrée, bordée de deux listels (en haut et en bas) et percée de deux trous de scellement. Haut., 45 millim.; larg., 52 millim.

IV. BRONZE ET PLOMB

539 — Trois pions de damier ronds, très épais, le dessus enjolivé de moulures ou de ciselures. Diam., 31 millim.

540 — Quadrige victorieux galopant à droite, le conducteur tenant une palme et une couronne. Grènetis en bordure. — Médaillon uniface en plomb. Diam., 40 millim.

541 — Autre exemplaire.

542 — Groupe de deux lutteurs nus. ℞. Bordure d'enroulements. — Médaillon en plomb. Diam., 34 millim.

543 — Bellérophon sur le Pégasse, à dr., combattant la Chimère. ℞. Bestiaire à gauche, combattant un lion. — Médaillon en plomb. Diam., 27 millim.

544 — Lot de 14 tessères variées : ivoire, bronze et pâte de verre.

VERRE, TERRE ÉMAILLÉE
PIERRES DURES, ETC., MOSAIQUE

545 — Trois petits osselets en verre blanc et jaune d'ambre.

546 — Collection de pions de jeu en pâtes multicolores et de formes diverses, les uns coniques les autres hémisphériques et un peu aplatis.

547 — Quatre pions de jeu en terre émaillée bleu et vert, l'un figurant un buste d'homme coiffé d'un bonnet conique et portant ses coudes en arrière.

548 — Dé a jouer, en chalcédoine.

549 — Polyèdre couvert de lettres latines et de points. — Schiste noir.

550 — Autre, plus petit.

551 — Mosaïque. — Masque d'acteur de la Comédie romaine, barbu et couronné de lierre en fleur. — Trouvée à Pompéi. Bordure moderne en brocatelle. Hauteur totale, 28 cent.; larg., 24 cent.

CAMÉES

552 — Bacchanale. — Bacchus jeune assis à droite sur un rocher. Devant lui, un jeune Pan jouant du double buccin; une panthère, un satyre couché à gauche, un Pan barbu et une bacchante regardant un masque. — Grand agatonix. Haut., 92 millim.; larg. 120 millim.

553 — Faune dansant, à gauche, portant un thyrse et la pandalide suspendue au bras gauche. A ses pieds, un canthare renversé. — Agatonyx (brun sur fond blanc). Haut., 46 millim.

554 — Bacchus adolescent couché sur le dos d'un jeune Centaure à gauche, qui joue de la lyre. Il tient une grappe de raisin à sa main gauche levée. Ce groupe est précédé d'un Pan dansant et suivi d'un autre Pan qui joue du double buccin. — Agatonyx (blanc et brun). Haut., 32 millim.; larg., 43 millim.

555 — Triomphe de Titus. — L'empereur et un de ses officiers sont dans un quadrige qui marche au pas à gauche, conduit par la déesse Roma qu'une Victoire, planant dans les airs, vient couronner. En exergue : T VESP AVGG. — Agatonyx (blanc opaque sur blanc translucide). Haut., 44 millim.; larg., 56 millim.

556 — Bacchanale. — Bacchus jeune et Ariane dans un char conduit par un Silène et une Bacchante. Devant le char, une joueuse de tambourin ; au second plan, une femme tenant des crotales. — Agatonyx. Haut., 30 millim.; larg., 39 millim.

557 — Bacchanale — Bacchus et Ariane dans un char à gauche, attelé de deux Psychés. Un petit Amour est debout sur le timon, un autre suit le cortège en jouant de la double flûte. A droite, un arbre. — Coquille. Larg., 60 millim.

558 — Discobole. — Agatonyx portant la signature (en lettres grecques) de *Pichler*. Haut., 26 millim.

559 — PANTHÈRE courant à droite. — Agatonyx (blanc sur rouge). Long., 26 millim.

560 — MASQUE tragique (fragment). — Agatonyx antique. Haut., 22 millim.

561 — DEUX MASQUES scéniques de la Comédie. — Agatonyx (blanc sur brun). Larg., 15 millim.

INTAILLES

562 — SCARABÉE étrusque, en cornaline. Adolescent nu, couché à gauche et se livrant au jeu du *kottabos*.

563 — SCARABÉE étrusque, en cornaline. Jeune cavalier nu, à gauche, portant une branchette.

564 — JASPE rouge serti dans une bague antique en or estampé : masque de Silène.

565 — ÉPHÈBE nu, agenouillé sur son cheval et tenant l'aiguillon. — Améthyste.

566 — ROMAIN en toge, debout et jouant de la *tuba*. — Cornaline.

567 — PRIX DE COURSE. Entre deux ceps de vigne, cratère cannelé, orné d'un quadrige en relief. — Cornaline.

568 — Sujet semblable. — Cornaline.

569 — SATYRE barbu, courant à droite, en portant sur son dos un satyre jeune (jeu de l'*ephedrismos*). ℞. ΦΥΛΑΞЄ dans un cercle formé par un serpent qui se mord la queue. — Cornaline (ébréchée).

570 — ACTEUR debout, tenant un long bâton recourbé; il joue le rôle d'un messager. — Cornaline.

571 — MASQUE comique. — Pâte de verre bleu.

572 — MASQUE imberbe, couronne de lierre. — Pâte de verre jaune.

573 — JEUNE FAUNE (sans l'*hippouris*), portant un thyrse et présentant une toupie à une jeune fille drapée, debout devant lui et tenant une baguette. — Cornaline.

574 — VÉNUS assise à droite et balançant une baguette sur sa main ; devant elle, un Amour enfant, levant les deux bras. — Cornaline octogone, fragmentée.

575 — FAUNE dansant. — Cornaline.

576 — Deux cavaliers (*desultores*) galopant à droite, chacun avec un cheval de rechange. — Nicolo.

577 — Jeune homme courant à gauche. — Jaspe rouge.

578 — Masque de Bacchante, de face, couronné de feuilles. — Cornaline.

579 — Bestiaire combattant un lion debout. — Nicolo.

580 — Poète comique couché à droite, tenant une houlette et un masque. — Pâte jaune.

581 — Bige au galop à gauche, avec son conducteur. — Cornaline.

582 — Masque de femme à gauche. — Cornaline.

MARBRES

provenant des théâtres antiques.

583 — Grand masque de la Comédie, les cheveux bouclés et couronnés de lierre en fleur. La bouche et les yeux sont ajourés. Une patte de griffon sert de base. Hauteur totale, 53 cent.

584 — Guirlande de fleurs soutenue par deux enfants en tunique courte. Au-dessus, deux masques, l'un de Pan, l'autre d'une bacchante. Dans le bas, la panthère bachique, une chèvre et trois boisseaux. — Décadence romaine. Haut., 45 cent.; larg., 70 cent.

585 — Masque imberbe de la Comédie romaine, les yeux et la bouche à jour. Haut., 15 cent.

586 — Bas-relief. — Masque scénique, coiffé d'une couronne de fleurs, la barbe calamistrée. A droite, un pedum et une outre. Haut. et larg., 15 cent.

587 — Main droite de femme, tenant un masque scénique. — Fragment de statue. Larg., 13 cent.

588 — Petit masque scénique, yeux et bouche ajourés. Haut., 11 cent.

589 — Autre, le front ceint d'une couronne de fleurs, la bouche en entonnoir. Haut. 9 cent.

590 — Fragment d'un grand médaillon. — Masque de satyre à droite; dessous une double flûte. ℟. Masque de Méduse (?) entouré de serpents. Haut., 27 cent.

MONNAIES GRECQUES

relatives aux courses de chars et de chevaux, aux exercices athlétiques, à la musique, etc.

591 — Tarraco. Tête virile imberbe. ℞. Légende celtibérienne : *Kse*. Deux chevaux galopant à dr., l'un monté par un cavalier (*le desultor*) qui porte une palme sur l'épaule. Ꭱ4.

592 — Acci. Buste d'adolescent. ℞. Légende celtibérienne : *iglonekn*. Deux chevaux galopant à g., l'un monté par un cavalier casqué et armé d'un bouclier rond. Ꭱ5.

593 — Autre exemplaire.

594 — Naples. ΝΕΟ···· ℞. Taureau campanien à dr. : dessus, une lyre. B4. Patine verte.

595 — Tête de femme à g. ℞. ΝΕΟΠΟΛΙΤΩΝ. Lyre et omphale. B5. Patine verte.

596 — Suessa. Tête d'Apollon. ℞. [S]VESANO. Deux chevaux au pas à g., l'un monté par un cavalier qui porte sur son épaule une branche ornée de bandelettes. Ꭱ5.

597 — Autre exemplaire. Symbole : triquêtre.

598 — Orra. Tête de Vénus. ℞. ORRA. Amour debout à dr., jouant de la lyre. B4. 2 p.

599 — Tarente. Deux cavaliers, dont l'un armé d'un flambeau, galopant à g. Au-dessus, ΦΥ. ℞. ΤΑΡΑΣ. Taras sur le dauphin, à g. Ꭱ5.

600 — Victoire debout, couronnant le cheval (à g.) d'un guerrier casqué, cuirassé et armé d'un bouclier rond et d'une lance. ℞. ΣΟΡ. Taras, sur un dauphin à g. Ꭱ5.

601 — Autre exemplaire. ℞. ΤΑΡΑΣ près du bord, à g.

602 — Homme nu (le *Démos*) debout à dr. et couronnant un cheval au pas, monté par un éphèbe nu. Dans le champ, ΦΥ. ℞. ΤΑΡΑΣ. Taras sur le dauphin à droite. Ꭱ5.

603 — Jeune cavalier couronnant son cheval ; un éphèbe nu, agenouillé, relève et examine l'un des sabots du cheval. ℞. ΤΑΡΑΣ. Taras sur le dauphin à g. Ꭱ5.

604 — Autre exemplaire. **Φ** devant le cheval, **E** sous le dauphin.

605 — Guerrier casqué debout, s'appuyant sur une lance et posant la main sur la croupe de son cheval. ℞. Taras sur le dauphin à g. R^{5}.

606 — Cavalier nu, galopant à dr. et tenant une palme ornée de bandelettes. **ꟼ** et **APICTIΠΠ·····** ℞. **TAPAC**. Taras sur le dauphin à g. R^{5}.

607 — Cavalier casqué, galopant à g., armé d'un bouclier rond (*épisème*, étoile) et les deux lances. **AΓOΛΛA** (*sic*). ℞. **TAPAΣ**. Taras sur le dauphin à g. AR^{5}.

608 — Variante avec **AΓOΛΛΩ** et **ΣΩ** à l'avers.

609 — Cavalier nu, galopant à g., avec un bouclier rond au bras gauche. Dessous, **Γ**. ℞. **TAPAΣ**. Taras sur le dauphin à g. R^{5}.

610 — Même sujet, le cavalier casqué ; couronne dans le champ. ℞. Même légende. Taras sur le dauphin à dr. R^{5}.

611 — Variante. **NIKOTTA** et **EY** (rétrograde) dans le champ. ℞. Symbole : hippocampe.

612 — Cavalier à g., couronnant son cheval qui marche au pas, et portant au bras g. un petit bouclier rond orné d'une étoile. ℞. **TAPAΣ**. Taras sur le dauphin à dr. R^{5}.

613 — Cavalier tenant un flambeau et galopant à dr. **ꜰHPAKΛH···** ℞. Taras sur le dauphin à dr. AR^{5}.

614 — Autre exemplaire, avec **TAPAΣ**.

615 — Même cavalier. **ΠAP** en monogramme et **ΔAIMAXOC**. ℞. **TAPAC**. Taras sur le dauphin à g. R^{5}.

616 — Cavalier casqué galopant à dr., avec lance et bouclier rond. Dans le champ, **ꜰ**. ℞. **TAPAΣ**. Taras sur le dauphin à g. R^{5}.

617 — Cavalier nu galopant à dr. ℞. Taras sur le dauphin à g., tenant un petit flambeau. R^{5}.

618 — Cavalier agitant son fouet. **ꜰIΠΠY**. ℞. **ΔI**. Taras. AR^{5}.

619 — Cavalier casqué galopant à dr., le corps penché en arrière et la main gauche posée sur la crinière du cheval. **ΣΩΠYPIΩN** et bucrane. ℞. **TAP[AΣ]**. Taras sur le dauphin à g., tenant le trident et un petit hippocampe. Derrière, un masque de Pan. — *Très belle et extrêmement rare*. — Collection Nervegna. R^{4}.

620 — Cavalier à g., couronnant son cheval. **ΦIΛOKPA** et **NK** liés. ℞. Taras à g. R^{5}.

621 — Autre exemplaire.

622 — Même sujets. ⊦ΑΓΕΑC (corne d'abondance). R̸. ΠΟΛΥ. AR5.

623 — Même cavalier. ΦΙΛΩΤΑC et ΔΙ. R̸. Taras à g. Coq dans le champ. AR5.

624 — Même cavalier. ⊦ΙΣΤΙΑΡ. R̸. Taras avec le trident et une Victoire qui le couronne. AR5.

625 — Même cavalier à g. ΑΡΙΣΤΙΣ et ancre couchée. R̸. Même Taras. AR5.

626 — Même cavalier. ΔΕ, ΣΥ et ΛΥΚΙΝΟΣ. R̸. Taras à g. AR4.

627 — La même pièce, sans ΔΕ. AR5.

628 — Cavalier victorieux, à dr., couronnant son cheval; devant, caducée. R̸. ΤΑΡΑΣ. Taras à dr. sur le dauphin. AR5.

629 — Autre exemplaire, sans Α. AR5.

630 — Même cavalier, ΦΙΛΟΚΡΑ et ΝΚ en ligature. R̸. Taras à g. AR5.

631 — Cavalier couronnant son cheval qui marche au pas. ΣΑ et masque de Silène. R̸. Taras à g. AR5.

632 — Autre exemplaire.

633 — Autre, avec ΑΡ liés et ΚΥ.

634 — Même cavalier; sous le cheval, ΑΠΟΛΛΩ et deux amphores. R̸. Même Taras. AR5.

635 — Même cavalier. ΦΙΛΟΚΡΑ et ΝΚ liés. R̸. Taras à g. AR5.

636 — Même cavalier, ΣΑ et ΑΡΕΘΩΝ. R̸. Taras à g. AR5.

637 — Même cavalier. ΣΩ et ΝΕΥΜΗ. R̸. ΠΟΛΥ. Entre deux étoiles, Taras à g. AR5.

638 — Cavalier à dr., se couronnant lui-même. ΣΑΛΟ, ΣΩ et chapiteau. R̸. ΑΝΘ. Taras à g. AR5.

639 — Même cavalier; dessous, ΣΑ[ΛΩΝΟΣ] et chapiteau. R̸. Taras à g. AR5.

640 — Deux chevaux au pas à g., l'un monté par un *desultor* que couronne une Victoire volant dans les airs. Dessous, ΦΙ. R̸. Taras à g. AR6.

641 — Cavalier à dr., couronné par une Victoire au vol. ΔΑΜΟΚΡ et ΕΥΝ. R̸. Taras à dr. AR5.

642 — Autre exemplaire, avec ΔΑΜΟΚΡΙΤΟΣ.

643 — Même cavalier. ΑΡΙΣΤΕΙΔ et ΦΙ. R̸. Taras à g. AR5.

644 — Autre exemplaire.

645 — Cavalier au trot à dr., couronné par une Victoire pendant que lui-même couronne son cheval. ΦΙ et ΑΡΙΣΤΟΚΡΑΤΗΣ. ℞. Taras à g. Ꞧ5.

646 — Cavalier nu, à g., en train de sauter à terre. ΕΥ et ΣΩΠΥ. ℞. Taras à g. — Collection Nervegna. Ꞧ5.

647 — Cavalier sautant à terre en galopant à g., armé d'un petit bouclier rond. ℞. Taras à g. Ꞧ5.

648 — Variante, le bouclier étant de forme ovale.

649 — Cavalier à dr., le bras droit levé. ΦΙΛΙϹΚΟϹ. ℞. Taras à g. Ꞧ5.

650 — Autre exemplaire.

651 — Même cavalier, au galop. ΣΑ dans le champ. ℞. Taras à g. Ꞧ5.

652 — Cavalier nu, au galop à dr. ℞. Taras à g., tenant un flambeau. Ꞧ5.

653 — Deux autres exemplaires.

654 — Cavalier au galop, le bras droit tendu en arrière; dessous, Δ. ℞. Taras à g., tenant une couronne de feuilles. Ꞧ5.

655 — Variante avec ΣΑ sous le cheval. ℞. ΗΗ. Taras tient un canthare. Ꞧ6.

656 — Cavalier nu, galopant à dr., piquant le cheval avec le manche de son fouet. ℞. Taras à g., tenant un flambeau. Ꞧ5.

657 — Cavalier galopant à dr., le bras levé et brandissant un javelot. ΟΛΥΜΠΙΣ. Couronne dans le champ. ℞. Taras à g. Ꞧ5.

658 — Autre exemplaire.

659 — Autre exemplaire.

660 — Cavalier galopant à dr., armé du bouclier rond, et dirigeant sa lance vers le sol. Dessous, ΣΑ. ℞. Taras à g. Ꞧ5.

661 — Cavalier nu, au galop, brandissant sa lance. ℞. Taras à g. Ꞧ5.

662 — Cavalier casqué et cuirassé, tenant une palme ornée de bandelettes; son cheval marche au pas. ΣΩΚΑΝΝΑΣ. ℞. Taras à g. Ꞧ4. Drachme.

663 — Cavalier nu, galopant à dr. et lançant un javelot. ΦΙ et ΦΙΛΙΑΡΧ[ΟΣ]. ℞. Taras diadémé à dr. Ꞧ4. Drachme.

664 — Cavalier nu, couronnant son cheval. ΚΛΗ et ΣΗΡΑΜΒΟΣ. ℞. Taras à g. Ꞧ4. Drachme.

665 — Cavalier à g., couronnant son cheval. ΣΩ et ΣΩΓΕΝΗΣ. ℞. Taras à g. Ꞧ4. Drachme.

666 — Tête casquée de Pallas, de face. ℞. Deux lutteurs. AR². 3 p.

667 — Bruttium. Tête laurée de Jupiter. ℞. BRETTIΩN. Aigle. Symbole : lyre. B⁶. Patine verte.

668 — Rhegium. Buste de Diane. ℞. RHΓINON. Lyre. B⁶.

669 — Même buste. ℞. [P]HΓINΩN. Lyre. B³.

670 — Adranum. Buste d'Apollon, à g. ℞. Lyre à six cordes. B⁹.

671 — Même buste. ℞. Lyre à sept cordes. B⁵.

672 — Gela. CEΛAΣ. Partie antérieure d'un taureau à tête humaine, nageant à dr. Ancien style. ℞. Quadrige au pas, à dr., avec son conducteur ; au second plan, une colonnette (la *meta* des courses). AR⁷.

673 — Variante, la *meta* de style dorien.

674 — Même avers, le *lambda* retourné. ℞. Cavalier nu et casqué, galopant à dr., le bras droit levé et brandissant une lance. AR⁵.

675 — Variante avec CE, puis ΛA rétrograde.

676 — Leontini. ΛEONTINΩN. Entre quatre grains d'orge, tête de lion à dr., la gueule béante. ℞. Quadrige au pas à dr., les chevaux couronnés par une Victoire au vol. AR⁶.

677 — Même avers, mais ΛEONTINO (*sic*) rétrograde. ℞. Cavalier nu, galopant à dr. et tenant un fouet et la bride du cheval. AR⁵.

678 — Même avers, avec ΛEONTINON. ℞. Même cavalier, le cheval au pas. AR⁴.

679 — Mamertini. Tête laurée d'Apollon à g. ℞. MAMEPTINΩN. Éphèbe nu, debout, armé d'une lance et posant la main sur la crinière de son cheval. B⁷.

680 — Syracuse. ΣYPAKOΣIΩN. Entre quatre dauphins, buste de Cérès à g., coiffée d'épis, parée de boucles d'oreilles et d'un collier. ℞. Quadrige au grand galop à g., le conducteur couronné par une Victoire planant dans les airs. Sous la barre, traces du mot AΘΛA ; en exergue : cuirasse, jambières, casque et bouclier. Coin du graveur Événète. AR¹¹. Décadrame.

681 — ΣYPAKOΣIΩN. Entre quatre dauphins : tête de femme d'ancien style, à dr., coiffée d'un rang de perles, le chignon bursiforme. ℞. Quadrige au trot, à dr., les chevaux couronnés par une Victoire au vol. AR⁶.

682 — Même avers, la tête d'un style moins ancien et parée d'un bandeau. ΣYPAKOΣIΩN. ℞. Le même. AR⁶.

683 — Même tête à g., entre quatre dauphins ; dessous, **EV**. ℞. Quadrige au galop, à dr., le conducteur couronné par une Victoire au vol. Ꞵ6.

684 — Tête de Cérès à g., coiffée d'épis de blé et parée de bijoux ; dessous, **NI** ; quatre dauphins autour. *Très beau style*. ℞. Quadrige au galop, à g., le conducteur armé de l'aiguillon. Dessus, triquêtre. Exergue : **ΣΥΡΑΚΟΣΙΩΝ** et **AN** liés. Ꞵ6.

685 — Tête de Jupiter Eleutherios à g. ℞. Cheval libre, courant à g. B7.

686 — Tête de Jupiter à dr. ℞. **ΣΥΡΑΚΟCΙΩΝ** (*sic*). Isis debout à g., tenant le sceptre et le sistre. B4.

687 — Incertaines de Sicile. Cheval libre, courant à g. ℞. Griffon courant à g. 2 pièces. B5.

688 — Siculo-puniques. — Partie antérieure de cheval galopant à dr. et couronné par une Victoire au vol ; devant, épi de blé. ℞. Dattier en fruits et lettres puniques. Ꞵ7.

689 — Tête de Cérès à dr., couronnée de blé et parée de bijoux ; devant, thymiaterion. ℞. Cheval au pas, à dr., couronné par une Victoire ; dattier au second plan, caducée et deux lettres puniques dans le champ. Ꞵ6.

690 — Même tête. ℞. Près d'un dattier en fruits, cheval à g. au pas, couronné par une Victoire. Ꞵ6.

691-692 — Même tête. ℞. Dattier en fruits et cheval au pas à dr. Ꞵ6. 2 p.

693 à 698 — Même tête à g., de style punique. ℞. Cheval à dr. et dattier en fruits. Lettre punique dans le champ. B0. 6 p. variées.

699 — Anchialus. Buste de Septime-Sévère. ℞. **ΟΥΛΠΙΑΝΩΝ ΑΓΧΙΑΛΕΩΝ**. Coiffure d'athlète victorieux (*dite* urne de jeux) et palme sur une table sous laquelle on lit **CΕΒΗΡΙΑ ΝΥΜΦΙΑ**. B8. *Rare*.

700 — Alexandre le Grand. Tétradrachme ayant pour symbole le flambeau de course d'Amphipolis. Ꞵ8. 2 p.

701-702 — Communauté de Macédoine. **ΑΛΕΞΑΝΔΡΟΥ**. Tête d'Alexandre à dr. ℞. **[Κ]ΟΙΝΟΝ ΜΑΚΕΔΟΝΩΝ Β ΝΕΩ**.... Cavalier au galop à dr., le bras droit levé. B7. 2 p.

703 — Même avers. ℞. Dressage de cheval (Alexandre et Bucéphale). B7.

704 — Alexandre IV. Tête imberbe diadémée. ℞. **ΑΛΕΞΑΝΔΡΟΥ**. Cheval libre, courant à dr. B4.

705 — Thessalie. Tête de Pallas. ℞. ΘΕΣΣΑΛΩΝ. Cheval libre, courant à dr. B^{4}.

706 — Gyrton. Tête de Jupiter à g. ℞. [Γ]ΥΡΤΩΝΙΩΝ. Cheval libre, courant à dr. B^{4}.

707-708 — Cierium. Tête de Jupiter à dr. ℞. ΚΙΕΙΡΕΙΩΝ (l'N rétrograde) et Φ. Joueuse d'osselets, agenouillée à dr. Æ^{2}. 2 p.

709 à 711. — Larissa. Éphèbe nu, à g., arrêtant un taureau par les cornes. ℞. Dans une aire creuse : ΛΑΡΙ[Σ]ΑΙΟΝ en bustrophédon. Cheval libre, courant à dr. Æ^{5}. 3 p. variées.

712 — Cheval au pas ; dessus, T. ℞. ΛΑΡ rétrograde. Nymphe agenouillée à g. et jouant à la balle. Æ^{2}.

713 — Épire. Tête de Jupiter de Dodone à g. ℞. ΑΠ en monogramme. Cheval libre courant à g. ; dessus, étoile. B^{4}.

714 — Anactorium. Didrachme corinthien au Pégase. Derrière la tête de Pallas, une lyre. Æ^{6}.

715 — Arcadie. Tête de Jupiter à g. ℞. Dans une couronne de feuilles : Ꝁ et une flûte de Pan. B^{5}. Patine verte.

716 — Néocésarée du Pont. Buste radié de Gallien. ℞. ΜΗΤ ΝΕΟΚΑΙϹΑΡΙΑ. Diadème de vainqueur dans les jeux, orné de palmes, de la légende ΑΚΤΙΑ et reposant sur une base qui porte la date : ΕΤΡϘΒ. B^{8}.

717 — Nicée. Bustes de Valérien, Gallien et Valérien fils. ℞. ΜΕΓΙϹΤΩΝ ΑΡΙϹΤΩΝ ΝΙΚΑΙΕΩΝ. Trois diadèmes de vainqueurs dans les jeux. B^{10}.

718 — Alexandrie de Tronde. Buste lauré d'Apollon, de face. ℞. Dans une couronne de laurier : ΑΛΕΞΑΝ. Lyre. B^{5}.

719 — Smyrne. Main droite armée du ceste. B^{3}. 2 p.

720 — Aphrodisias. Buste de Philippe père. ℞. ΕΠΙ ΑΡΧ ΠΟ ΑΙΛ ΑΠΟΛ.... Diadème de vainqueur dans les jeux, placé, entre deux bourses, sur une table sur laquelle on lit ΑΦΡΟΔΕΙϹΙΕΩΝ. B^{9}. Patine verte.

721 — Cos. ΚΟ[Σ]. Danseur nu, jouant du tambourin ; à sa droite, trépied. sur une base de massue. ℞. Aire creuse : crabe dans un cadre perlé. Æ^{7}.

722 — Celenderis. Cavalier nu, armé d'une lance et assis à la manière des femmes sur un cheval galopant à g. ℞. ΚΕΛΕΝ. Bouquetin agenouillé à dr., retournant la tête en arrière. Æ^{4}.

723 — Tarse. Buste de Gordien III. ℞. ΤΑΡϹΟΥ ΜΗΤΡΟΠΟΛΕΩϹ. Sur une table à trois pieds : grand diadème agonistique orné de deux palmes. B[11].

724 — Buste de Trajan-Dèce (?). ℞. Couronne de feuilles et diadème sacerdotal décoré de six bustes. B[9].

725-726 — Aspendus. Groupe de deux lutteurs nus ; dans le champ, ΣΑ. ℞. Dans un cadre perlé : ΕΣΤΡΕΔΙΙΥΣ. Frondeur nu, debout à dr. Symbole : triquètre. Ꞧ[6]. 2 p.

727-728 — Autre. ΠΟ dans le champ. ℞. Symboles : lyre et partie antérieure de cheval galopant à droite. 2 p. variées.

729 — Variante, le lutteur de droite cherchant à renverser son adversaire. ℞. Symbole : triquètre.

730 — Buste de Valérien ; devant, ΙΑ. ℞. ΑϹΠΕΝΔΙΩΝ. Dans une couronne de laurier : ϹΕΜΝΗϹ ΚΑΙ ΕΝΤΙΜΟΥ. B[10], *rare*.

731 — Perga. Buste de Gallien ; devant, Ι. ℞. ΠΕΡΓΑΙΩΝ. Armoire chargée de trois bourses. B[9].

732 — Bustes affrontés de Gallien et Salonine ; Ι dans le champ. ℞. Même légende. Diadème agonistique (inscription, ΟΛΥΜΠΙΑ) chargé de deux palmes et reposant sur une table qui porte la légende ΑΥΓΟΥϹΤΙΑ. Dessous, ΕΙϹ ΑΓΩΝ. B[10], *rare*.

733 — Etenna. Deux lutteurs nus, allant vers la g. ℞. ET-EN. Femme à dr., tenant un serpent. B[4].

734 — Selge. Buste d'Herennius Etruscus. ℞. ϹΕΛΓΕΩΝ, le second Ε dans une couronne soutenue par deux Victoires au-dessus d'un autel, dont la face antérieure est ornée d'un disque étoilé. B[9], *rare*.

735 — Apamée de Phrygie. Tête tourelée de femme. ℞. ΑΠΑΜ. Marsyas debout à dr., jouant de la double flûte. B[4].

736 — Thyatira. Buste d'Élagabal. ℞. ΕΠΙ ϹΤΡΑ ΚΑ ϹΤΡΑΤΟΝΕΙΚΙΑΝΟΥ et, en exergue : ΘΥΑΤΕΙΡΗΝΩΝ. L'empereur et Apollon, debout et affrontés, tenant un diadème agonistique, au-dessus duquel on lit : ΠΥΘΙΑ. Entre eux un autel allumé. B[23], *rare*.

737 — Tripolis de Lydie. Buste de Gallien. ℞. ΤΡΙΠΟΛΕΙΤΩΝ et, dans une couronne, ΑΗΤΩΕΙΑ ΠΥΘΙΑ. B[10], *rare*.

738 — Héliopolis. Buste de Gallien. ℞. COL IVL AVG FEL. Diadème agonistique avec deux palmes. CER SAC et, en exergue, CAP·OEC·ISE·HEL. B[7].

739 — ALEXANDRIE. Buste d'Antonin. ℞. L ΛE. Le sistre d'Isis. B[3].

740 — HISPANO-PUNIQUE. Tête barbue diadémée, à g. ℞. Cheval libre, courant à g. B[8].

MONNAIES ROMAINES

I. DENIERS D'ARGENT DE LA RÉPUBLIQUE

Courses de chevaux, Jeux athlétiques, Musique, etc.

741 — CALPURNIA. Tête de Roma. ℞. P·CALP ROMA. Bige au galop, à dr., conduit par une femme armée de l'aiguillon et couronnée par une Victoire (Babelon, n. 2).

742 — Tête laurée d'Apollon. ℞. [L·]PISO·L·F·FRVGI. Cheval galopant à g., monté par un petit cavalier nu qui tient un flambeau (Babelon, n. 9).

743 — Variété. Carquois sur l'épaule d'Apollon.

744 — Variété. ℞. L·PISO·FRV·N. Même cavalier. — *Inédit*. Fourré et ébréché.

745 — Même tête. ℞. L·PISO·FRVGI. Cavalier au galop à dr., avec, sur l'épaule, une longue palme horizontale (Babelon, n. 11). 2 p.

746 — Mêmes types, symboles et chiffres variés. 6 p.

747 — Mêmes types. ℞. ROMA en exergue (Babelon, n. 12).

748 — Variété, le cavalier agitant un fouet à double lanière; symboles variés. 2 p.

749-750 — Tête d'Apollon à g. ℞. C·PISO·L·F·FRV. Cavalier nu galopant à dr., le bras dr. étendu. Symboles variés. Autre avec FRVG. 3 p.

751 — ℞. FRV et FRVG. Le cavalier porte une longue palme horizontale. Symboles variés (Babelon, n. 24). 3 p.

752 — La même avec la tête à g. (Babelon, n. 25); derrière la tête, une main droite faisant le comput digital.

753 — Variété, le cavalier galopant à g., tient une palme et un fouet.

754 — Autre; cavalier à g., agitant son fouet (Babelon, n. 7). 2 p.

755 — Même cavalier à dr. (Babelon, n. 26).

756 — Livineia. Tête du préteur Regulus, à dr. ℞. REGVLVS. Deux bestiaires combattant des fauves (Babelon, n. 12).

757 — Même denier. 2 p.

758 — Marcia. Têtes géminées de Numa et d'Ancus Marcius. ℞. C·CENSO. Deux chevaux galopant à dr., l'un monté par un adolescent nu (Babelon, n. 18). 4 p.

759 — Tête d'Apollon. ℞. C·CENSOR et CENSORI. Cheval de course, au galop à dr. (Babelon, n. 19). 3 p.

760 — Même tête. ℞. C·CENSORI. Cheval au galop, couronné par une Victoire planant dans les airs.

761 — Plaetoria. MONETA. Tête de Junon Moneta. ℞. L·PLAETORI·L·F·Q·S·C. Athlète nu, courant à dr., tenant une palme et les cestes. Dans le champ, un strigile (Babelon, n. 2).

762 — Autre exemplaire; symbole, un cerceau.

763 — Pomponia. Tête laurée d'Apollon, à dr. ℞. Q·POMPONI·MVSA. Calliope debout à dr., jouant d'une lyre posée sur un cippe (Babelon, n. 10).

764 — Même tête. ℞. [Q·]POMPONI·MVSA. Clio s'appuyant sur un cippe et tenant un *volumen* déroulé (Babelon, n. 11).

765 — Même tête: derrière, deux flûtes en sautoir. ℞. Q·POMPONI·MVSA. Euterpe appuyée sur un cippe et tenant deux flûtes (Babelon, n. 13).

766 — Même tête. ℞. Même légende. Melpomène tenant un masque tragique et une massue (Babelon, n. 14).

767 — Même tête. ℞. Même légende. Polymnie debout, de face (Babelon, n. 15). 2 p.

768 — Même tête. ℞. Même légende. Terpsichore debout à dr., tenant la lyre et le plectrum (Babelon, n. 18).

769 — Même tête. ℞. Même légende. Thalie debout à g., accoudée sur un cippe et tenant un masque comique (Babelon, n. 19). 2 p.

770 — Même tête. ℞. Même légende. Uranie à g., touchant avec une baguette un globe posé sur une base ajourée (Babelon, n. 22).

771 — Postumia. Tête casquée de Mars jeune. ℞. ALBINVS·BRVTI·F. Deux trompettes gauloises en sautoir (Babelon, n. 11). 3 p.

772 — Quinctia. Buste d'Hercule, la massue sur l'épaule. ℞. TI·Q. Deux chevaux au galop à g., dont l'un monté par un cavalier (Babelon, n. 6). 3 p.

773 — RUBRIA. **DOS**. Buste casqué de Roma. ℞. **L·RVBR[I]**. Quadrige au pas, à dr., figurant un édifice surmonté d'un petit bige de Victoire (Babelon, n. 3).

II. MONNAIES IMPÉRIALES

Jeux séculaires, Cirque et Amphithéâtre, Naumachies, etc.

774 — JULES CÉSAR. *Sepullia*. **CLEMENTIAE CAESARIS**. Temple tétrastyle. ℞. **P·SEPVLLIVS·MACER**. Deux chevaux galopant à dr., l'un monté par un *desultor* nu, coiffé d'un bonnet conique (Cohen, 44). AR.

775-776 — MARC-ANTOINE. *Sepullia*. Tête voilée d'Antoine, à dr. (Cohen, 74). AR. 2 p.

777 — AUGUSTE. Tête nue à dr. ℞. **CAESAR DIVI·[F]**. Mercure nu, assis à dr. sur un rocher et jouant de la lyre ; il porte son chapeau suspendu à la nuque (Cohen, n. 61). AR.

778 — **CAES[AR AVG]VSTVS**. Tête nue. ℞. Dans une couronne de feuillage : autel portant l'inscription **LVDI SAECVL** ; de chaque côté, un prêtre salien, dont l'un tient un caducée. Au-dessus, **IMP**. Exemplaire unique. Voir la pièce d'or citée par Cohen, n. 112. AR.

779 — **CAESAR[I] AVGVSTO**. Tête laurée. ℞. **S·P·Q·R**. *Tensa* ornée de bustes et attelée de quatre chevaux au pas (Cohen, n. 272). AR.

780 — **S·P·Q·R·PAR[ENT]·CONS·SVO**. Aigle sur un sceptre, manteau impérial et couronne. ℞. **CAESAR[I] AVGVSTO**. Quadrige au pas, à dr., orné de Victoires en relief et surmonté d'un petit quadrige au galop (Cohen, n. 78). AR. 2 p.

781 — *Maria*. **AVGVSTVS**. Tête d'Auguste. ℞. **C·MARIVS·C·F·TRO·III·VIR**. Quadrige chargé d'une palme et galopant à dr. (Cohen, 456). AR.

782 — AUGUSTE et TIBÈRE. **DIVO AVGVSTO S·P·Q·R**. Auguste tenant un sceptre et une branche de laurier, assis à g. sur un quadrige d'éléphants guidés par leurs cornacs. ℞. **TI·CAESAR·DIVI·AVG·F·AVGVST·PM·TR·POT·XXXIIX** autour des sigles **SC** (Cohen, *Auguste*, 308). GB.

783 — AGRIPPINE MÈRE. **AGPIPPINA·M·F·MAT·C·CAESARIS·AVGVSTI**. Buste drapé à dr. ℞. **[S]·P·Q·R·MEMORIAE AGRIPPINAE**. *Tensa* en forme de temple, attelée de deux mules à g. (Cohen, n. 1). GB.

784 — Néron. Tête laurée. R'. PONTIF·MAX·TR·POT·IMP·PP. Néron en Apollon citharède, marchant à dr. (Cohen, 247). MB. patine verte.

785 — Deux autres de plus petit module (Cohen, 248).

786 — NERO·CLAVD·CAESAR·AVG·GERM·PM·TR·P·IMP. Tête laurée à dr. R'. Sans légende. Même type (var. de Cohen, 355). MB., *très beau.*

787 — R'. CER· (et CERT)· QVINO·ROM·CON. Table des jeux chargée d'un vase et d'une couronne; dessous, deux griffons affrontés et une patère (Cohen, 47, etc.). PB. 4. p.

788 — Vespasien et Titus. DIVO AVG VESPAS et en exergue, SPQR. Sur un quadrige d'éléphants à dr., guidés par leurs cornacs, Vespasien déifié, assis, tenant un sceptre et une Victoire. Armes ciselées sur le char. R'. IMP·T·CAES·DIVI·VESP·F·AVG·PM·TR·P·PP·COS·VIII autour des sigles SC (Cohen, *Vesp.*, 205). GB., *très beau.*

789 — Domitille jeune et Titus. MEMORIAE DOMITILLAE. *Tensa* à dr., attelée de deux mules au pas. R'. effacé (Cohen, 1). GB.

790 — Titus. Sans légende. Vue du Colisée de Rome; à g., un obélisque (la *meta sudans*); à dr., une partie de la Maison d'or de Néron. R'. (fruste)... PM·TR·P·PP·COS... Titus assis à g.; derrière lui, deux boucliers (Cohen, 400). GB.

791 — R'. TR·P·VIIII·IMP·XIIII·COS·VII·PP. *Tensa* chargée d'une fleur et attelée de quatre chevaux au pas à g. (Cohen, 278). AR.

792 — Julie et Domitien. DIVAE IVLIAE AVG DIVI TITI F. *Tensa* à dr., attelée de deux mules au pas. En exergue, SPQR. R'. IMP CAES DOMIT AVG GERM COS [XV CENS PER PP]. Dans le champ, SC. (Cohen, 9). GB.

793-794 — Domitien. Tête laurée à dr. TR·P·VIII. R'. Dans une couronne de feuilles : COS XIIII et cippe portant l'inscription LVD SAEC FEC (Cohen, 70). AR. 2 p.

795-796 — Même avers. R'. Prêtre debout à g.; devant lui, un brûle-parfums et un cippe qui porte l'inscription COS XIIII LVD SAEC FEC (Cohen, 74). AR. 2 p.

797-798 — R'. COS XIIII LVD SAEC FEC. Prêtre allant à g., orné d'un sceptre et d'un bouclier rond (Cohen, 76). AR. 2 p.

799 — Quinaire au même type (Cohen, 78).

800 — R'. COS XIIII LVD SAEC FEC. Trois hommes en toge, laurés et tenant des tiges fleuries, précèdent l'empereur et un de ses officiers (Cohen, 79). GB, *rare et très beau.*

801 — ℞. Même légende (fruste). Domitien debout à dr. près d'un temple tétrastyle ; devant lui, trois suppliants à genoux (Cohen, 80). GB.

802 — ℞. COS XIIII LVD SAEC. Domitien assis à g. sur une estrade sur laquelle sont placées deux urnes et dont la base porte l'inscription SVF P D. Devant lui, un homme auquel il remet de l'encens, et un petit garçon qui retire l'encens de l'une des urnes. Au second plan, un temple (Cohen, 81). GB, *rare.*

803-804 — Variante. Domitien est assis à dr. devant deux personnages debout, et sur l'estrade, on lit FRVG AC (Cohen, 82). GB, *rare.* 2 p.

805 — Tête laurée. ℞. COS XIIII LVD SAEC FEC. L'empereur sacrifiant un taureau devant un temple hexastyle (Cohen, 90). MB.

806 — Variante, avec le Tibre couché à dr. (Cohen, 92).

807 — ℞. Même légende. L'empereur sacrifiant devant un joueur de lyre et un joueur de flûte (Cohen, 85). MB. 2 p.

808 — Tête radiée. ℞. Même légende. Sacrifice d'une brebis et d'une chèvre (Cohen, 87). MB. 2 p.

809 — Rhinocéros à dr. R. IMP DOMIT AVG GERM. Dans le champ, SC. — Même type à g. (Cohen, 673 et 674). PB. 2 p.

810 — Trajan. ℞. SPQR OPTIMO PRINCIPI. Vue du Cirque maxime avec son obélisque, ses arcades surmontées de quadriges, ses barrières, ses poteaux, un temple, un char au galop, etc. (Cohen, 545). GB.

811 — Autre exemplaire, varié.

812 — ℞. Table des jeux chargée d'une couronne et d'une palme plantée dans un vase (Cohen, 350). PB. 2 p.

813 — Antonin. ℞. MVNIFICENTIA AVG. Éléphant à dr. Exergue, COS IIII SC (Cohen, 565). MB. 2 p.

814 — ℞. TR POT COS II. Table des jeux chargée d'une palme, etc. ; dessous, une amphore (Cohen, 878). PB, *rare.*

815 — Faustine mère. ℞. *Tensa* ornée de figurines en relief et attelée de deux mules. Exergue : EX S·C (Cohen, 199). GB.

816 — ℞. AETERNITAS. Faustine déifiée assise à g. dans une *tensa* attelée de deux éléphants, chacun avec son cornac (Cohen, 57).

817 — Autre exemplaire, patine verte.

818 — Marc-Aurèle. ℞. CONSECRATIO. L'empereur déifié, assis à dr. sur une *tensa* attelée de quatre éléphants, chacun avec son cornac (Cohen, 95). GB.

819 — DIDE JULIEN. ℞. Quadrige au galop à g., le conducteur couronné par une Victoire planant dans les airs. Exergue : **EX S·C**. — Médaillon de bronze. — XVIe siècle.

820 — SEPTIME-SÉVÈRE. ℞. **LAETITIA TEMPORVM**. — Vaisseau de naumachie entouré de quatre quadriges au galop; dans le bas, bestiaires combattant des fauves (Cohen, 253). Æ, *rare*.

821 — ℞. **COS III LVDOS SAECVL FEC**. Hercule et Bacchus avec sa panthère (Cohen, 110). MB, *rare*.

822 — ℞. **COS III LVD SAEC FEC** sur un cippe placé entre Bacchus et Hercule (Cohen, 106). MB, *rare*.

823 — CARACALLA. ℞. **LAETITIA TEMPORVM**. Vaisseau de naumachie entouré de quatre quadriges au galop : dans le bas, des fauves (Cohen, 118). Æ, *rare*.

824 — SÉVÈRE-ALEXANDRE. ℞. **PONTIF·MAX·TR·P·II·COS·PP**. Vue du Colisée ; à g., trois figures debout ; à dr., un édifice (Cohen, 468). GB, *très rare*.

825 — PHILIPPE PÈRE. ℞. **AETERNITAS AVGG**. Éléphant à g., monté par son cornac (Cohen, 17). Bill. 2 p.

826 — ℞. **SAECVLARES AVG**. — Lion à dr. (Cohen, 173). Bill.

827 — ℞. Même légende. Antilope à g. (Cohen, 189). Bill. 2 p.

828-829 — ℞. Même légende. Lion à dr. (Cohen, 176). GB. 2 p.

830 — ℞. Même légende. Antilope à dr. (190). GB.

831 — ℞. **AETERNITAS AVGG**. Éléphant à g. avec son cornac (Cohen, 18). GB. 4 p.

832 à 834 — OTACILIE. ℞. **SAECVLARES AVGG**. Hippopotame à dr. (Cohen, 64). Bill. 2 p.

CONTORNIATES

I. CIRQUE DE ROME

835 — ALEXANDRE LE GRAND. **ALEXANDER**. Buste à dr., coiffé de la peau de lion. ℞. Vue du cirque maxime de Rome, avec l'obélisque, la *spina*, les poteaux de course, les quadriges, les bestiaires, etc. (Sabatier, pl. III, 5). B^{12}.

836 — Autre exemplaire. B[11].

837 — Néron. R̸. Vue du cirque avec ses quadriges, etc. (variante de Sabatier, pl. III, 4). B[11].

838 — Autre ; devant la tête, un **E** gravé. B[11], troué.

839 — **NERO CL CAESAR AVG GERM IMP.** Tête laurée ; devant, **PE** (liés) en creux. R̸. Vue du cirque avec ses monuments (Sabatier. R̸. de pl. III, 7). B[11].

840 — Autre exemplaire ; devant la tête une *capsa* gravée. B[11], patine verte.

841 — Trajan. **DIVO NERVAE TRAIANO.** Buste lauré ; devant **PE** en creux. R̸. Vue du cirque avec ses quadriges et ses bestiaires (Sabatier, pl. III,5). B[11], *très beau.*

842 — Autre exemplaire ; palme gravée devant la tête.

II. COURSES DE CHARS

843 — Hercule. Buste à dr. ; devant, une massue droite ; derrière, une palme gravée. R̸. **ROSCIVS.** Cheval courant à dr., coiffé d'une palme (Sabatier, pl. VI, 2).

844 — Buste coiffé de la peau de lion, la massue sur l'épaule droite. R̸. Homme nu tenant un cheval (Sabatier, pl. V, 14). B[10].

845 — Hercule. Buste à g. ; devant, la massue ; derrière, la sigle **PE** en creux. R̸. **PASINICVS** (gravé en exergue). Cheval au pas, à dr., la tête parée d'une bandelette (relief et gravure au trait ; variante de Sabatier, pl. VI, 7). B[11].

846 — Alexandre le Grand. **ALEXANDER MAGNVS MACEDON.** Buste à dr., avec la peau du lion. R̸. **EVSTORGIVS IN PRASINO.** Quadrige de face, avec son conducteur tenant le fouet et une palme, les chevaux coiffés de palmes (Sabatier, pl. III, 9). B[11].

847 — Autre exemplaire. **PE** (liés) en creux devant la tête.

848 — Variante avec **DOMINVS IN VENETO**, l'aurige tenant à la main droite le fouet et une couronne (Sabatier, pl. III, 10). Derrière la tête d'Alexandre, une contremarque incrustée d'argent. B[11].

849 — Apollonius de Tyane. **APOLLONIVS TFANEVS** (*sic*). Buste lauré et drapé, à dr. R̸. **FLIANE** (pour *Eliane*) **NICA.** Quadrige de face, les chevaux coiffés de palmes, le conducteur tenant une palme et un fouet (Sabatier, pl. VI, I). B[11], *très rare.*

850 — HOMÈRE. **PE** (liés) en creux devant le buste. ℞. Homme en tunique courte, à dr., conduisant un cheval sellé (Sabatier, pl. VI, 3). B[11].

851 — Autre exemplaire, percé de deux trous. Devant la tête, une palme gravée.

852 — JULES CÉSAR. **DIVO IVLIO**. Buste lauré à dr.; devant le front, une étoile. **PE** (liés) en creux. ℞. **ETERNIT·P·R**. Vainqueur dans un quadrige de face (Sabatier, pl. IV, 3). B[11].

853 — NÉRON. ℞. **EVTYMIVS** (*sic*). Quadrige de face, le conducteur tenant une palme et un fouet (variante de Sabatier, pl. IV, 4 et XIX, 14). B[12].

854 — Autre exemplaire, avec palme (gravée) à l'avers, et au ℞. **EVTYNIVS** (*sic*). B[10], patine verte.

855 — **NERO CLAVD CAESAR**, etc. Tête laurée et **PE** (liés) en creux. ℞. **OLYMPI NIKA**. Quadrige au galop à dr., le conducteur tenant un fouet et une palme (Sabatier, pl. V, 2). B[11].

856 — **NERO CLAVDIVS CAESAR**, etc. Tête laurée. ℞. **AVRELIANVS**. Quadrige au pas à dr., les chevaux coiffés de palmes. En exergue, une suite de monogrammes (Sabatier, pl. V, 3). B[11].

857 — **NERO CLAVD CAESAR**, etc. Devant la tête, **PE** (liés) en creux. ℞. **STEFANAS**. Aurige victorieux dans un quadrige au pas à dr. (Sabatier, pl. V, 10). B[11].

858 — Même avers, avec une palme (gravée) devant la tête. ℞. Le même. B[11].

859 — **NERO CAESAR**, etc. Même palme. ℞. Le même. B[11].

860 — **NERO CLAVDIVS**, etc. Palme gravée devant la tête. ℞. Le même (sans nom propre). B[10].

861 — **IMP NERO CAESAR AV**... Tête laurée. ℞. Aurige vainqueur dans un quadrige au galop à dr.; sous les chevaux, deux lutteurs couchés (Sabatier, pl. IV, 12). B[11].

862 — Autre exemplaire, la sigle **PE** devant la tête. ℞. **OLYMPI NIKA**. Vainqueur dans un quadrige au galop (Sabatier, pl. V, 2). B[11].

863 — TRAJAN. **TRAIANVS AVG COS IIII PP**. Buste lauré. ℞. ....**IANVS**. Vainqueur dans un quadrige de face. B[11].

864 — **TRAIANVS P F AVG**. Tête laurée. ℞. Même sujet avec **DOMN(I)N(U)S**. (Cohen, n. 274). B[11], patine verte.

865 — Autre exemplaire, les légendes frustes. B[10].

866 — Même avers. ℞. Le même avec **EVTYMIVS** (*sic*).

867 — **DIVO TRAIANO AVGVSTO**. Buste lauré et drapé; devant, une palme en creux. ℞. **POLYSTEFANVS** (lég. fruste). Vainqueur dans un quadrige au galop à dr. (Sabatier, pl. V, 4). B[12].

868 — **DIVO NERVAE TRAIANO AVG**. Buste lauré, drapé et cuirassé. ℞. **TVRRANIVS**. Cheval victorieux conduit à dr. par un homme en tunique succincte (Cohen, n. 283). B[12], *très beau.*

869 — Autre, avec **AVIANNIVS**.

870 — **DIVO TRAIANO AVGVSTO**. Même buste. ℞. **EVTYMI** (*sic*) **NICA** et dans le bas : **TVRIFICATOR ASTVTVS**. Aurige debout entre deux chevaux victorieux, coiffés de palmes (Sabatier, pl. V, 12). B[13], *beau*,

871 — Autre exemplaire, les légendes moins lisibles. B[11].

872 — Autre exemplaire.

873 — Caracalla. ℞. **GERONTIVS**. Vainqueur dans un quadrige galopant à dr. (Sabatier, pl. IV, 11). B[12].

874 — Même avers; palme gravée devant le buste. ℞. Vainqueur dans un quadrige de face; traces de légende en exergue. B[11], troué.

875 — Théodose Ier. **DN THEODOSIVS PF AVG**. Buste diadémé et drapé; devant, une feuille (gravée) cernée d'argent. ℞. **EV[TY]MI** (*sic*) **VINCAS** et, dans le bas : **RVS ALLIGER**. Vainqueur dans un quadrige de face (Sabatier, pl. III, 11). B[13], *très rare.*

876 — Honorius. **HONORIO AVGVSTO**. Même buste ; devant, **PE** liés (en creux). ℞. **ARTEMI VINCAS** et, en exergue : **I[VC]VNDATOR PENNA**. Vainqueur dans un quadrige de face (Cohen, n° 342). B[13].

877 — Même avers; devant le buste, une feuille plaquée d'argent. ℞. **EVGENIVS AC.... SIDEREVS SPECIOSVS DIGNVS**. Même sujet (Sabatier, pl. IV, 5). B[12].

878 — Aurige à mi-corps. ℞. **AELIANE NICA**. Aurige victorieux, debout à g., tenant une couronne, un fouet et une palme (Cohen, n. 390). B[12].

879 — Aurige à mi-corps; derrière, son chapeau et un bouclier. ℞. **PANNONI NIC[A]**. Vainqueur dans un quadrige galopant à dr. (Sabatier, pl. V, 7). B[11].

880 — **EVTIMI VINCAS**. Même sujet. ℞. Alexandre à cheval, chassant le lion (Sabatier, pl. IX, 11). B[12].

881 — Deux auriges debout, de face, tenant leurs fouets et des palmes ; dans le champ, **PE** (liés) et une palme en relief. ℞. **DOMNINVS IN VENET**. Vainqueur dans un quadrige de face (Sabatier, pl. IV, 2). B[11].

882 — Aurige debout, de face, tenant son cheval par la bride et agitant son fouet. ℞. **FILOROMVS ASTVTV [S]**. Vainqueur dans un quadrige de face (variante de Sabatier, pl. IV, 8).
B[11], *incrusté d'argent et en partie gravé au burin.*

883 — **DOMNINE NICA**. Aurige victorieux, debout, de face, tenant une palme et un fouet ; de chaque côté, deux palmes plantées dans le sol. ℞. **TALVS**. Cheval courant à g., coiffé d'une palme. Contorniate gravé en creux. B[13].

884 — Même aurige debout à g., entre un boisseau chargé d'épis et un autel enlacé d'un serpent. ℞. Quadrige galopant à g. Contorniate gravé en creux. B[8].

885 — **ALLIGER** (en exergue). Cheval à g. (incrusté d'argent), coiffé d'une palme ; devant, un rameau feuillu. ℞. Lisse (Cohen, n. 397). B[14].

886 — Cheval marchant à g., la bride en argent ; gravé au burin. ℞. Lisse (Cohen, n. 398). B[14].

III. COURSES DE CHEVAUX

887 — Néron. **IMP NERO**, etc. ℞. Cavalier au galop à dr. ; devant lui, un arbre. B[12].

888 — Caracalla. **M AVREL ANTONINVS FIVS AVG BRIT**. Buste lauré, drapé et cuirassé ; devant, deux palmes. ℞. Homme suivant un cheval qui court à g. et qu'il tient par la bride (Cohen, n. 321). B[11].

IV. JEUX ATHLÉTIQUES

889 — Hercule. Buste à dr., la massue sur l'épaule ; devant, **PE** (liés) en creux. ℞. **EVTVCHE**. Coureur nu, à dr. ; derrière, une *meta* de cirque. Fond ciselé (Sabatier, pl. X, 2). B[11], *très beau.*

890 — Néron. Tête laurée et couronne en creux. ℞. **FILINVS**. Groupe de trois hommes, dont l'un tient une couronne (Sabatier, pl. X, 3). B[11].

891 — **IMP CAES TRAIANVS**. etc. Même buste. ℞. **FILIN[VS]**. Athlète nu, debout entre deux personnages drapés et tenant une couronne et une palme (Sabatier, pl. X, 3). B[11].

892 — Autre exemplaire, une palme (gravée) devant le buste de Trajan. ℞. Traces de légende.

893 — **DIVO TRAIANO AVGVSTO**. Buste lauré et drapé ; devant, une palme en creux. ℞. lisse. B[10].

894 — **DIVO NERVAE TRAIANO**. Même buste et même palme. ℞. lisse. B[11], patine verte.

895 — Aurige à mi-corps ; derrière, **PE** liés et retournés (en creux). ℞. **VRSE VINCAS**. Athlète debout à g., tenant une palme et une couronne (Sabatier, ℞. de pl. VI, 11). B[12].

896 — Autre exemplaire avec la sigle **TRAVS** (à rebours) derrière l'aurige (Sabatier, pl. VI. 11).

897 — Variante (palme derrière l'aurige). ℞. **VR[S]E [VI]N[C]AS**. Même personnage, mais tourné à droite. B[12].

V. BESTIAIRES

898 — Roma. **INVICTA ROMA FELIX SENATVS**. Buste drapé et casqué de Roma, à dr. ; devant, palme et globules en creux. ℞. **REPARATIO MVNERIS FELICITER**. Bestiaire armé d'un javelot et combattant un ours. En exergue, palme et couronne (Sabatier, pl. X, 1). B[12].

899 — Néron. **NERO CLAVDIVS**, etc. Tête laurée ; devant, fleuron gravé. ℞. Cavalier et bestiaires à la chasse au sanglier (Sabatier, pl. IX, 14). B[11].

900 — Caracalla. ℞. Bestiaire attendant derrière un paravent cylindrique l'attaque d'une panthère (Sabatier, pl. IX, 5). B[12].

901 — Aurige à mi-corps. ℞. Bestiaire debout à dr., armé d'un javelot ; à ses pieds, une panthère morte ; à côté, trois feuilles superposées et cinq couronnes (Sabatier, pl. V, 6 et 8). B[10].

VI. CHASSE

902 — Alexandre le Grand. Devant la tête, un trident en creux. ℞. Chasseur menaçant de son javelot un sanglier qui sort de sa caverne et qui est attaqué par un chien. Au second plan, un peuplier (Sabatier, ℞. de pl. IX, 9). B[11].

903 — Auguste. **DIVVS AVGVSTVS PATER**. Buste lauré à dr. ; devant, une palme en creux. ℞. Cerf, chien et lièvres courant dans un enclos (Sabatier, pl. IX, 3). B[12], *très beau et très rare.*

904 — Vespasien. **IMP CAES VESPASIAN AVG COS III.** Buste lauré à dr. ℞. Chasseur à dr., avec son chien, attaquant un sanglier ; au milieu, un arbre (Sabatier, pl. IX, 9). B[11].

905 — Autre exemplaire, avec une palme devant la tête. B[12], patine verte.

906 — Trajan. **TRAIANVS AVG COS IIII PP.** Tête laurée. ℞. Alexandre à cheval, chassant un lion (Sabatier, pl. IX, 13). B[11].

VII. MUSIQUE

907 — Salluste. Buste drapé ; derrière, une palme (gravée). ℞. **PETRONI PLACEAS.** Homme drapé, tenant une flûte de Pan, debout entre un autre homme et une femme drapés (Sabatier, pl. X, 4). B[11].

908 — Variante, le musicien debout entre deux hommes. **PE** (liés) en relief devant la tête.

909 — Néron. **IMP NERO CAESAR AVG P MAX.** Tête laurée ; devant, **PE** (gravé en monogramme). ℞. Deux joueurs d'orgue (Sabatier, pl. X, 7). B[11], patine verte.

910 — Néron. ℞. Trois personnages autour d'un meuble traversé par un axe au milieu duquel est placé un vase sphérique (Sabatier, pl. XIX, 10). B[11], *beau et rare.*

911 — Théodose Ier. Buste diadémé, drapé et cuirassé. ℞. **M V[I]NC[AS].** Femme debout à g., tenant une couronne ; six petites filles autour d'elle (Sabatier, pl. X, 5). B[12].

VIII. JEUX DE SOCIÉTÉ

912 — Néron. **IMP NERO**, etc. ℞. Trois hommes debout sous un portique, autour d'une table de jeu (Sabatier, pl. XIX, 3). B[12].

913 — Autre exemplaire, avec **PE** (liés) en creux devant la tête.

914 — Autre, rogné. B[10].

IX. MASQUES DE THÉATRE

915 — Deux masques de théâtre, superposés à dr. ; derrière, une palme gravée. ℞. Entre deux arbres, Attis debout, tenant une houlette et un bouclier (variante de Sabatier, pl. XI, 2. Cohen, n. 363). B[11].

X. SUJETS VARIÉS

916 — Sarapis. **DEO SARAPIDI**. Buste à g., coiffé d'un boisseau. ℟. Sous un arbre, aigle éployé à dr., la tête retournée en arrière (Cohen, n. 1 et 2). B[11]. *Seul exemplaire connu.*

917 — Mars. Buste barbu, casqué et cuirassé, à g., armé d'un bouclier rond. ℟. Deux dauphins nageant en sens inverse, l'un au-dessus de l'autre. B[11].

918 — Roma. Buste à g., le bras dr. levé et armé d'une lance. ℟. Hercule assis de face, près d'une femme, et s'appuyant sur sa massue (Sabatier, pl. XIII, 5). B[10], *très rare.*

919 — **ROMAE ALTERNAE**. Buste casqué, de face, tenant une lance et le globe surmonté d'une Victoire stéphanéphore. Monogramme en creux : **PE** liés. ℟. Bacchus jeune, assis sur un bige de panthères à g., et précédé de trois figurines (joueuse de flûte, Satyre adolescent, Panisque). A dr., un Amour au vol (Sabatier, pl. XI, 10). B[10], *beau et rare.*

920 — Hercule. Buste à dr. ; devant, massue droite ; derrière, **PE** (liés) en creux. ℟. Guerrier casqué, à dr., en posture de combat, le bouclier rond au bras gauche, la droite tenant le *vexillum*. B[11], *très beau.*

921 — Alexandre le Grand. **ALEXANDER MAG**. Buste à dr., coiffé de la peau de lion ; devant, **PE** (liés) en creux. ℟. **NVS MAG CON MONIMVS**. Jeune homme assis à dr. sur un rocher, la tête appuyée sur la main gauche et retournée en arrière (Sabatier, pl. XVI, 2). B[11], *beau.*

922 — Autre exemplaire, sans le monogramme. *Très beau.*

923 — Même avers ; devant la tête, palme incrustée d'argent. ℟. Cavalier à la chasse au lion (comme Sabatier, pl. IX, 12). B[12].

924 — Autre exemplaire, sans la palme.

925 — **ALEXANDER**. Buste à dr., coiffé de la peau de lion. ℟. Scylla attaquant le vaisseau d'Ulysse (Sabatier, pl. XIII, 11). B[12], *très beau.*

926 — Alexandre le Grand. **ALEXANDER MAGNVS MACEDON**. Buste à dr., avec la peau de lion ; derrière, une contremarque incrustée d'argent. ℟. **OLYMPIAS REGINA**. Olympias couchée à g. sur un lit de repos, le bras tendu vers un serpent (Sabatier, pl. XIV, 14). B[11].

927 — Alexandre le Grand. ℟. **SOLI INVICTO**. Quadrige du Soleil, au galop, sur les nuages (Sabatier, pl. XI, 12). B[11].

928 — Même légende ; tête diadémée d'Alexandre, à g. R'. du numéro précédent. B[11].

929 — Même légende ; buste à dr., avec la peau de lion. Devant, palmes en creux. R'. Hercule courant à g., armé de sa massue et d'un arc ; devant lui, un trépied (Sabatier, pl. XII, 14). B[10].

930 — **ALEXANDER MAGNVS MACEDON**. Buste à dr., coiffé de la peau de lion. R'. Lisse. B[10].

931 — Autre exemplaire ; devant la tête un rameau incrusté d'argent. B[11].

932 — Tête diadémée d'Alexandre à dr. R'. Apollon nu, debout à g., derrière un rocher et décochant une flèche au serpent Python. Au second plan, un arbre (gravé). (Voir la vignette de Cohen, n° 33.) B[11].

933 — Même tête. R'. **ALEXANDER MAG MACEDON**. Alexandre monté sur son cheval Bucéphale à g., donnant un coup de lance à un ennemi renversé (Sabatier, pl. XIV, 17). B[11].

934 — Autre exemplaire. B[10].

935 — Homère. **ωMHPOC** (*sic*). Buste drapé à dr. ; devant, une palme gravée. R'. Le groupe du Taureau Farnèse (Amphion, Zethus et Dircé) (Sabatier, pl. XIV, 8). B[11].

936 — Autre exemplaire, sans la palme.

937 — Salluste. **SALVSTIVS AVTOR**. Buste imberbe drapé à dr. ; derrière, une couronne de feuilles incrustée d'argent. R'. Quadrige du Soleil, de face, au-dessus d'une salamandre à g. (Sabatier, pl. XI, 13). B[12].

938 — Auguste. R'. L'apothéose d'Auguste : Déesse assise à dr., tenant une corne d'abondance ; devant elle, Rome casquée et cuirassée, debout, et l'aigle de Jupiter ; plus loin, Auguste assis, appuyé sur un sceptre et tenant le globe ; il est couronné par une Victoire. En exergue, deux figurines couchées et affrontées, la terre et l'Océan (Sabatier, pl. XII, 6). B[11], *rare*.

939 — Néron. **NERO CLAVDIVS CAESAR AVG GER PM TR P IMP PP**. Tête diadémée ; devant, **PE** (liés) à rebours et en creux. R'. Même apothéose d'Auguste. B[11].

940 — Autre exemplaire ; devant la tête, une corne d'abondance renversée, en creux.

941 — **IMP NERO CAESAR AVG P MAX**. Tête laurée ; devant, **PE** (liés) en creux. R'. Minerve debout à g., avec lance et bouclier (Cohen, n. 110). B[11].

942 — Même avers. R'. Bacchus jeune et sa panthère entourés du cortège bachique (Sabatier, pl. XI, 7). B^{11}, patine verte.

943 — **NERO CLAVDIVS CAESAR AVG**, etc. Devant la tête, une palme gravée. R'. Le même. B^{11}.

944 — Même avers; derrière la tête, **PE** (liés) en creux. R'. Bacchus couché sur un bige de panthère et précédé de son thiase. Symboles bachiques en exergue (Sabatier, R'. de pl. XI, 10). B^{10}.

945 — **NER CLAV CAESAR**. Tête diadémée; devant, une grappe de raisin plaquée d'argent. R'. Victoire courant à g. avec une couronne et une palme. **SC**. (Sabatier, pl. XVI, 17). B^{10}.

946 — **NERO CLAVDIVS**, etc. Tête diadémée; devant, une palme gravée. R'. Achille et Penthésilée, reine des Amazones (Sabatier, R'. de pl. XIV, 6). B^{11}.

947 — **IMP NERO CAESAR AVG P MAX**. Même tête. R'. Rome nicéphore debout à g., s'appuyant sur une lance et retournant la tête en arrière. B^{12}, *unique et très beau.*

948 — Même avers; **PF** (liés) en creux. R'. Alexandre le Grand à cheval, donnant un coup de lance à un ennemi suppliant; un autre combattant est déjà mort (Sabatier, pl. XVI, 13). B^{11}.

949 — Autre exemplaire, plus mince et sans monogramme.

950 — Variante (pl. XVI, 14) avec **NERO CLAVDIVS CAESAR**, etc.

951 — **IMP NERO CAESAR**, etc. Tête diadémée. R'. Olympias couchée et le serpent (pl. XIV, 15 sans légende). B^{11}, *très beau.*

952 — Autre; devant la tête, une palme gravée.

953 — **NERO CLAVD CAESAR**, etc. Tête laurée. R'. **SABINAE**. L'enlèvement des Sabines (Sabatier, pl. XV, 5). B^{11}.

954 — Autre avec **NERO CLAVDIVS**, etc.

955 — Néron. Tête laurée et palme plaquée d'argent. R'. Bacchus adolescent et son thiase (Sabatier, pl. XI, 7).

956 — Néron. Traces de légende. Tête laurée. R'. **SC**. Arc d'honneur (Sabatier, pl. XVII, 7).

957 — **NERO CLAVDIVS CAESAR**, etc. Tête laurée. R'. Le serpent Agathodémon entre un arbre et un autel chargé de fruits (Sabatier, pl. XIII, 15). B^{11}.

958 — Autre exemplaire, avec **A** gravé devant la tête. Percé de deux trous.

959 — **NERO CLAVD CAESAR**, etc. Buste lauré à dr. R'. Hure de sanglier, jambon, pain et couteau (Cohen, n. 188). B^{11}.

960 — **NERO CLAVD CAESAR**, etc. Tête laurée. ℞. Cercles concentriques. Avers coupé d'un GB.

961 — MB au ℞. du temple de Janus, les grènetis de fort relief.

962 — Trajan. **TRAIANVS PF AVG**. Buste lauré à dr. ; devant, le sigle **PE** en creux. ℞. Minerve et Hercule debout (Sabatier, ℞. de pl. XIII, 1). B11.

963 — [**DIVO TRAIA**]**NO AVGVSTO**. Buste lauré à dr. ℞. Apollon nu, debout à g., tenant une branche d'olivier ; derrière, sa lyre placée sur un trépied enlacé d'un serpent (Sabatier, pl. XI, 11). B11.

964 — Autre exemplaire, avec **DIVO TRAI**.... et une palme gravée devant le buste. B12, patine verte.

965 — **TRAIANVS AVG COS IIII PP**. Tête laurée ; devant, **PE** gravé. ℞. Cybèle et Attis debout. B10.

966 — **IMP CAES NERVAE TRAIANO**, etc. Buste lauré et drapé, à g. ℞. Bacchus dans un bige de panthères, précédé de son thiase ; symboles bachiques en exergue (Sabatier, ℞. de pl. XI, 10). B11.

967 — **TRAIANVS AVG COS IIII PP**. Buste lauré, drapé et cuirassé. ℞. Bacchus jeune assis de face, avec sa panthère, entre deux arbres ; un Silène accourt du côté g., tenant une coupe ; au premier plan, une vasque (Sabatier, pl. XI, 9). B11.

968 — Légende fruste. Même buste. ℞. Cybèle et Attis dans un quadrige de lions courant à droite (Sabatier, pl. XI, 6). B11.

969 — **TRAIANVS AVG COS IIII PP**. Tête laurée ; devant, le sigle **PE**. ℞. Bacchus jeune avec sa panthère et quatre personnages de son thiase (Sabatier, pl. XI, 7). B11.

970 — **DIVO NERVAE TRAIANO**. Buste lauré et drapé, à dr. ; devant, une palme gravée. ℞. Hercule debout à g., domptant le taureau de Crète (Sabatier, pl. XIII, 4). B12.

971 — **TRAIANVS AVG COS IIII PP**. Buste lauré, drapé et cuirassé ; devant, **PE** gravé. ℞. Apollon assis à dr. ; devant lui, Marsyas debout, les mains liées derrière le dos, et l'*arrotino* (Sabatier, pl. XIX, 9). B11.

972 — **DIVO NERVAE TRAIANO AVG**. Buste lauré, drapé et cuirassé. ℞. Alceste, un flambeau à la main, debout dans un char à g., attelé d'un lion et d'un sanglier. Le char est conduit par Hercule, portant une massue sur l'épaule (Cohen, n. 226). B11.

973 — **DIVVS TRAIANVS**. Buste lauré et drapé ; devant, un trèfle en creux. ℞. Scylla attaquant le vaisseau d'Ulysse. B12, troué.

974 — DIVO NERVAE TRAIANO. Tête laurée; devant, une palme gravée. ℞. Scylla et le vaisseau d'Ulysse (Sabatier, pl. XIII, 11). B[12], *beau.*

975 — Autre exemplaire. Devant la tête, une branchette feuillue (en creux). B[12], *très beau.*

976 — Autre : palme devant la tête.

977 — Autre, la palme incrustée d'argent.

978 — Autre.

979 — Variante (Sabatier, pl. XIII, 12). B[12].

980 — Autre; devant la tête, une feuille gravée.

981 — IMP CAES TRAIANVS AVG PM PP PROCONS. Buste lauré, cuirassé et drapé, à dr. ℞. AENEAS. La fuite d'Énée; le héros porte son père Anchise sur l'épaule et conduit son fils Ascagne par la main (Sabatier, pl. XIV, 10). B[11], *très beau.*

982 — Trajan. ℞. REGINA. Olympias couchée et le serpent (Sabatier, XIV, 15). B[11].

983 — IMP CAES NERVAE TRAIANO AVG GER DAC PM TR P COS V. Buste drapé à g. ℞. VRBS ROMA AETERNA. Sacrifice devant un temple (Sabatier, pl. XVIII, 4). B[11].

984 — DIVO TRIAIANO (*sic*) AVGVSTO. Buste lauré, drapé et cuirassé; devant, globule en creux. ℞. AVGVST (en haut) et POR OST (en bas). Vue du port d'Ostie avec son phare et le Tibre couché (Sabatier, pl. XVIII, 11). B[12], *beau.*

985 — Antinoüs. ANTINOΩ ΠANI. Buste nu, à dr., une houlette sur l'épaule gauche. ℞. Pompe bachique (Sabatier, ℞. de pl. XI, 10). B[11], *très rare.*

986 — Antonin le Pieux. ANTONINVS AVG PIVS PP TR P COS III. Buste lauré. ℞. Entre deux arbres. Attis, debout, un bouclier au bras. la houlette sur l'épaule (Cohen, n. 302). B[10], *très rare.*

987 — Faustine mère. DIVA AVGVSTA FAVSTINA. Buste drapé et voilé; devant, une contremarque. ℞. [C]S. La Fortune assise à g. sur un trône, avec sceptre et gouvernail (Sabatier, pl. XVIII, 9). B[10].

988 — Autre exemplaire : derrière le buste, PE à rebours. ℞. CS. B[11].

989 — Même légende, même buste à g.; derrière, une palme. ℞. MATRI DEVM SALVTARI. Cybèle assise sous le portail d'un temple; à dr., Attis debout (Sabatier, pl. XI, 5). Plomb [10].

990 — CARACALLA. **ANTONINVS PIVS AVG**. Buste lauré et cuirassé, à dr. ℞. Bacchus jeune et sa panthère entourés de quatre figurines bachiques (Sabatier, pl. XI, 7). B[11].

991 — CARACALLA. Devant le buste, une couronne (en creux). ℞. Homme drapé, debout, tenant deux oiseaux; de chaque côté, un homme plus petit, donnant à manger à un oiseau (Sabatier, pl. XIV, 2). B[11].

992 — CARACALLA. [AN]TONINVS PIVS. Buste drapé, à dr. ℞. Lég. fruste. Ulysse sous le ventre du bélier de Polyphème; devant, un autel allumé, orné d'une figurine en bas-relief; au second plan, un arbre (Sabatier, pl. XIII, 17). B[12], *très rare*.

993 — Même avers. ℞. **SABVCIVS PINIAN** et, plus loin, **DIVVS** (?). Homme tenant une longue perche et secouant un arbre, derrière lequel se dresse un serpent (Sabatier, pl. XIII, 16). B[12], *rare*.

994 — Autre exemplaire. Devant le buste, **PE** en creux. ℞. sans les cinq dernières lettres.

995 — HONORIUS. **DN HONORIVS PF AVG**. Buste diadémé, drapé et cuirassé, à dr.; devant, étoile (en creux). ℞. **SAPIENTIA**. Minerve debout à g., tenant une lance et une branchette d'olivier (Cohen, n° 347). B[12].

996 — VALENTINIEN. **DN PLA VALENTINIANVS PF AVC**. Buste diadémé, drapé et cuirassé; devant, **PE** (en creux). ℞. Lisse. B[13].

997 — MISCELLANÉES. Aurige vu à mi-corps, conduisant son cheval. ℞. **ΥΨΙΠΥΛΗ**. Hypsipyle, portant un enfant sur le bras, s'enfuit vers la droite; à ses pieds, un serpent tue l'enfant Arhémorus (Cohen, n° 394). B[11].

998 — Aurige à mi-corps. ℞. Légende effacée. Colon conduisant deux bœufs à dr.; **CS** en exergue (Sabatier, pl. XVI, 6). B[10].

999 — Figurine nue, debout et de face, entourée de symboles. ℞. Hercule debout, tenant la massue et une corne d'abondance; à sa gauche, un autel allumé. — Amulette en creux, percée de quatre trous. B[12].

1000 — Esculape debout sur une base, entre Hygie et un dieu nu posant la main sur un thymiaterion. Gravure en creux. ℞. Taureau à g., attaqué par trois chiens; dans le haut, un bestiaire. Gravure en relief. Amulette percée d'un trou (Cohen, n. 400). B[10].

1001 — Serpent enroulé, à dr. ℞. Palme. — Contorniate gravé en creux. B[11].

MOYEN AGE ET TEMPS MODERNES

DESSINS, PASTELS, AQUARELLES

PORTRAITS

1002 — Anonyme. Portrait d'un artiste. Dessin au crayon et sanguine. Signé et daté : *Raf. Fidanza, Rimini, 1837*. Haut., 23 cent. ; larg., 23 cent.

1003 — Anonyme. Portrait d'artiste jouant simultanément du violon et de la trompette. Grand dessin charge, au crayon noir, rehaussé de blanc. École française. Haut., 66 cent. ; larg., 44 cent.

1004 — Anonyme. Portrait d'une cantatrice, représentée en buste. Dessin au crayon. Signé et daté : *N. Wiwel, 1883*. Haut., 42 cent. ; larg., 33 cent.

1005 — Anonyme. Portrait d'un acteur, vu en buste, en habit jaune et portant une perruque. Dessin. Haut., 8 cent. ; larg., 6 cent.

1006 — Anonyme. Portrait de femme, vue en buste, visage masqué. Dessin de forme ronde. Diam., 7 cent.

1007 — Anonyme. Portrait de femme en costume d'arlequine. Dessin de forme ovale. Haut., 9 cent. ; larg., 7 cent.

1008 — Anonyme. Portrait d'une cantatrice, buste dans un médaillon ovale et encadrement orné d'attributs divers. Dessin au crayon rehaussé de pastel. Signé et daté : *G. A. fecit, 1788*. Haut., 28 cent. ; larg., 22 cent. Cadre ancien.

1009 — Anonyme. Acteur vénitien, représenté debout, marchant à gauche, vêtu d'un grand manteau drapé, tenant son chapeau à large bord entre les mains. Vigoureux dessin à la plume lavé de sépia, par *Pietro Longhi*. Haut., 27 cent. ; larg., 20 cent. Cadre en bois sculpté, peint au vernis, partiellement doré.

Collection Lamponi, Florence.

1010 — Barilli Luigi. Chanteur, vu en buste. Dessin signé : *Teresa Parmiggiani*. Forme ovale.

1011 — Brugnoli. Actrice, portrait en buste. Dessin au crayon et aquarelle. Signé : *de Marchi*. Haut., 17 cent.; larg., 14 cent.

1012 — Castigliares (Joachim). Célèbre toréador. Il est représenté debout dans son costume, tenant l'épée et la muleta; à ses pieds, un taureau abattu. Gouache par *F. Milani*. xviiie siècle. Haut., 25 cent. ; larg., 18 cent.

Exposition théâtrale, n° 601 bis.

1013 — Chéri (Rose-Marie, dite Cizos). Actrice française représentée à mi-corps, debout, coiffée d'une mantille, corsage décolleté. Aquarelle d'après *Winter-Halter*.

1014 — Coquelin cadet, en buste, lisant. Dessin à la sanguine par *H. Cros*. Haut., 23 cent., larg., 26 cent. Cadre en bois doré.

Vente 23 janvier 1909.

1015 — Costumes de théatre. Douze dessins dans deux cadres.

1016 — Di Lorenzo (Tina). Actrice italienne, vue en buste, de face. Aquarelle. Cadre doré. Haut., 43 cent.; larg., 32 cent.

1017 — Divers. Huit portraits charges : du compositeur *Puccini*, du ténor *Moriani*, de l'impresario *Lanori et son avocat*, du prince *Poniatowski*, du baryton *Patriozzi*, du pianiste *Gianpaolo Pensa*, par *S. Ronconi*.

1018 — Divers. 1° *La Danse*, représentée par cinq jeunes filles. Dessin à la plume attribué à *Bartolozzi* ; 2° *Navire* sur la voile duquel sont notées dix lignes de musique avec paroles; 3° *Table* portant des feuillets de musique. Dessins à la plume.

1019 — Portraits charges. Huit études diverses au crayon rehaussé de blanc sur papier gris. Haut., 57 cent.; larg., 43 cent.

1020 — Félix. Célèbre artiste français, frère de Rachel. Six dessins en charge, aux crayons noir et blanc.

1021 — Finaroli. Compositeur napolitain. Dessin, crayon noir et sanguine, de forme ronde, signé et daté : *G. Cammarano, 1816*. Diam., 11 cent. 1/2.

1022 — Fraschini (Gaetan). Chanteur, dans le rôle du *Turc en Algérie*, de

Rossini. Aquarelle. Haut., 22 cent.; larg., 17 cent. Cadre en argent et ébène.

1023 — Galeotti (Giovanni) et sa femme Anna. Chanteur et cantatrice. Deux dessins en médaillon ovale. Crayon et sanguine. Haut., 17 cent. 1/2; larg., 13 cent.

1024 — Giardini (Felice de). Célèbre joueur de violoncelle et compositeur, né à Turin en 1716, mort à Moscou en 1796. Il est représenté en costume Louis XVI, à moitié étendu sur un sopha, montrant, de sa main levée, son instrument près duquel sont des feuillets de musique, portant l'inscription : *Per il sig. don Gasperino Visconti. Sonata di violoncello del sig. Felice Giardini.* Beau dessin au crayon noir et sanguine, signé et daté : *J. Matteini. f. Milano, 1795.* Haut., 40 cent.; larg., 31 cent.

1025 — Gilda-Ruta. Célèbre pianiste napolitaine. Deux dessins en caricature.

1026 — Goldoni (Charles). Célèbre auteur comique, né à Venise en 1707, mort en 1793. Vu de face en buste, coiffé d'une perruque et vêtu d'un habit bleu pâle. Pastel. Haut., 40 cent.; larg., 34 cent.

1027 — Gonthier (Mme). Actrice dramatique. Elle est représentée en costume de ménagère. Dessin au bistre. Haut., 17 cent. 1/2; larg., 11 cent.

1028 — Grassini (Giuseppina). Célèbre cantatrice italienne. Représentée debout, couronnée par une Renommée. Dessin à la plume et lavis d'encre de Chine. Exécuté le jour de sa représentation à bénéfice et reproduit en soie, ainsi qu'on le verra dans une autre partie de ce catalogue. Haut., 29 cent.; larg., 20 cent.

1029 — Grisi (Julie), Cantatrice italienne, née à Milan en 1810, morte en 1869. Elle est représentée en buste, assise à sa coiffeuse, se parant la chevelure d'un sautoir de perles fines. Pastel ovale, signé par *Dautel* (Vie). Haut., 40 cent.; larg., 32 cent.

LABILLE-GUIARD (Mme).

1030 — Le Kain (Henri-Louis). Célèbre acteur français (1729-1778), sociétaire de la Comédie-Française. Portrait en buste grandeur naturelle, représentant l'artiste dans le rôle de Mithridate. Pastel signé et daté : *1776*. A été gravé. Haut., 70 cent.; larg., 60 cent.

Exposition théâtrale, n° 557.

1031 — MASQUES ANTIQUES. Trois aquarelles.

1032 — PELZET (Madeleine). Portrait en buste, avec encadrement fait de caractères calligraphiques composant sa biographie. Dessin. Haut., 30 cent.; larg., 26 cent.

1033 — ROBOTTI (Antonietta). Célèbre actrice. Elle est représentée en costume 1840. Dessin à la plume.

1034 — RUBINI (Jean-Baptiste). Célèbre ténor, né à Bergame, le 7 avril 1795 ; mort à San Romano, le 2 mars 1854. Représenté en buste, de trois quarts à gauche. Dessin au crayon. Haut., 24 cent.; larg., 19 cent.

1035 — VIGANÒ (Salvatore et sa sœur Marie). Le célèbre chorégraphe et sa sœur danseuse. Ils sont représentés en buste. Deux dessins au crayon noir rehaussé de sanguine. Signés et datés : *Cornienti Carolina dis. 1830 et 1835*. Haut., 32 cent.; larg., 26 cent.

1036 — ZINAROLI. Célèbre compositeur napolitain. En buste. Dessin au crayon et sanguine, signé : *G. Cammarano.*

1037 — ZINGARELLI (Antoine-Nicolas). Célèbre compositeur napolitain. En buste, à gauche. Dessin au crayon noir et sanguine, signé et daté : *G. Cammarano, 1817*. Diam., 11 cent. 1/2.

PEINTURES

PORTRAITS

1038 — ANONYME. Portraits de cantatrices. Deux peintures de forme ovale. Toiles. Haut., 70 cent. ; larg., 64 cent.

1039 — ANONYME. Portrait d'une cantatrice. Buste de face, en costume Louis XV, avec coiffure excentrique. Elle tient à la main un livre de musique. Toile. Haut., 67 cent.; larg., 56 cent.

1040 — ANONYME. Portrait d'une cantatrice. Vue à mi-corps, à gauche, la tête couverte d'un voile figurant une vestale. Toile. Haut., 27 cent.; larg., 21 cent.

1041 — ANONYME. Jeune fille jouant du luth. Elle est représentée assise près d'une table, sur laquelle sont posés différents instruments de musique. Peinture de l'école vénitienne. Toile. Haut., 1 m. 11 ; larg., 1 m. 22.

1042 — ANONYME. Portrait d'une cantatrice. Représentée à mi-corps, assise auprès d'un clavecin, une main sur le clavier, tenant de l'autre un feuillet de musique, vêtue de satin blanc, un châle rouge retombant sur sa chaise. Peinture de l'époque Empire. Toile. Haut., 33 cent. ; larg., 27 cent.

1043 — ANONYME. Portrait d'une jeune cantatrice. Elle est représentée assise, de face, en costume Louis XVI, auprès d'une épinette ; de la main gauche elle tourne les feuillets d'un cahier de musique, de la main droite elle tient un éventail. Peinture de l'école française du XVIIIe siècle. Toile. Haut., 1 m. 05 ; larg., 75 cent. Cadre en bois sculpté doré.

1044 — ANONYME. Portrait de jeune femme jouant de la harpe. Représentée à mi-corps, assise, vêtue d'une robe Louis XVI en satin violet clair. En haut, on lit : *Appartient au château d'Osase*. Peinture attribuée à *Mme Valayer-Coster*. XVIIIe siècle. Toile. Haut., 88 cent. ; larg., 71 cent. Cadre en bois sculpté doré, orné de feuillages et d'attributs.

1045 — AGNESI. Musicienne distinguée, sœur de la célèbre mathématicienne *Marie-Gaëtane-Agnesi*. Elle est représentée assise, sa main gauche touchant le clavier d'une épinette et sa main droite tenant une plume. Peinture de l'école milanaise du XVIIIe siècle. Toile. Haut., 30 cent. ; larg., 23 cent. Cadre ancien mouluré en écaille.

Provient de la galerie du comte Carcano, de Milan.
Exposition théâtrale, no 468.

1046 — ALBERGATI-CAPACELLI (Marquis François, de Bologne). Compositeur, mort en 1806. Portrait grandeur nature, debout, regardant à droite la statue de Thalie ; à ses pieds, un chien. Toile. Haut., 2 m. 40 ; larg., 1 m. 80.

Provient de la famille. Vente faite à Bologne, 1899.

1047 — ARNOULD (Portrait présumé de Sophie-Madeleine). Cantatrice de l'Opéra, née à Paris en 1744, morte en 1802. Représentée à mi-corps, de face, en riche costume, tenant dans sa main droite un rouleau de musique. Toile. Haut., 45 cent. ; larg., 37 cent. Cadre vert et or.

Exposition théâtrale, no 421.

1048 — BALANZONI. Célèbre acteur bolonais. Il est représenté, dans le rôle du *Docteur*, en pied, debout, vêtu d'un costume et coiffé d'un grand chapeau noir. Peinture par *Caracci*. Toile. Haut., 26 cent. ; larg. 20 cent. (Cadre ancien en bois richement sculpté et doré, agrémenté de quatre demi-figures sculptées en ronde bosse et peintes, représentant les acteurs de la Comédie vénitienne : *le Docteur*, *Arlequin*, *Brighella* et *Pantalon*.)

Exposition théâtrale, n° 470.

1049 — BERETTA (Marie). Cantatrice italienne du XIXe siècle, représentée en buste vers la droite. Toile. Haut., 34 cent. ; larg., 24 cent.

ÉCOLE FRANÇAISE

(XVIIe siècle).

1050 — BIANCOLELLI (Joseph, dit Dominique). Célèbre acteur italien, fameux dans le rôle d'*Arlequin*, né à Bologne en 1640, mort en 1688. Il vint à Paris et fut fort goûté à la cour de Louis XIV. Il est représenté dans le rôle du *Docteur*, vu à mi-corps, la main droite levée, et la gauche appuyée sur la hanche. Toile. Haut., 1 m. 29 ; larg., 91 cent. Cadre ancien italien en bois sculpté doré.

Exposition théâtrale, n° 399.

1051 — BIANCOLELLI (Catherine, dite Colombina). Actrice et chanteuse, fille du précédent, morte à Paris en 1716. Vue en buste, en riche costume. Elle tient dans sa main un livre de musique. Peinture attribuée à *Sébastien Ricci*. Toile. Haut., 73 cent. ; larg., 62 cent. Cadre ancien en bois peint et doré.

Exposition théâtrale, n° 400.

1052 — BOCCABADATI (Antoinette). Célèbre cantatrice, représentée en buste. Bois. Haut., 14 cent. ; larg., 12 cent.

1053 — BONONCINI (Jean). Compositeur, né à Modène en 1660, mort en 1691. Il est représenté à mi-corps, assis et tourné vers la droite, près d'une table ; sa main gauche appuyée sur un livre de musique, sa main droite tenant une plume. Peinture de l'école milanaise, XVIIe siècle. Toile. Haut., 33 cent. ; larg., 30 cent. Cadre ancien en bois sculpté ajouré et doré.

. *Collection Carcano, de Milan.*

1054 — Bottero (Alexandre). Célèbre chanteur comique génois. Vu de face, en buste de grandeur naturelle. Toile. Haut., 80 cent. ; larg., 60 cent.

1055 — Cappelli (Irma). Cantatrice. Elle est représentée en pied. Bois. Haut., 26 cent. ; larg., 15 cent.

1056 — Cervellino (G. B.). Compositeur. Assis, écrivant de la musique. Toile. Haut., 74 cent. ; larg., 60 cent.

1057 — Ciniselli (Gaétan). Directeur des Compagnies équestres. Toile. Haut., 50 cent. ; larg., 40 cent.

1058 — Colbran-Rossini (Isabelle-Angèle). Cantatrice espagnole, première femme de Rossini, née à Madrid le 2 février 1785, morte à Bologne le 27 octobre 1845. Très liée avec l'impresario *Barbaja*, elle contribua beaucoup au succès de ses entreprises. Rossini la connut à Naples, où elle chantait au théâtre San Carlo, et l'épousa en 1822. Elle est représentée assise, de grandeur naturelle, en costume de Sapho, sur une terrasse et jouant de la lyre. Signée : *Schmidt, 1817*. Toile. Haut., 1 m. 65 ; larg., 1 m. 22. Cadre ancien en bois doré. Provenant de la Galerie Barbaja, à Naples.

Exposition théâtrale, n° 465.

1059 — Déjazet (Pauline-Virginie). Actrice célèbre, née à Paris en 1797, morte en 1875. Elle est représentée en pied, dans un costume de vivandière de la *Jeunesse de Louis XIV*. Peinture sur toile par *Deveria*. Haut., 62 cent. ; larg., 52 cent.

Provient de la vente après décès de la comédienne.
Exposition théâtrale, n° 466.

1060 — Donizetti (Gaëtan). Compositeur célèbre, né à Bergame en 1798, mort en 1848. Représenté jeune, en buste, vers la droite. Peinture de forme ovale. Haut., 22 cent. ; larg., 14 cent.

1061 — Donizetti (Gaëtan). En buste, de grandeur naturelle. Peinture signée et datée : *G. Fabris 1835*. Toile. Haut., 58 cent. ; larg., 48 cent.

1062 — Ferravilla (Édouard). Acteur comique milanais représenté dans deux de ses créations : *le Duello del Sciûr Pânera* et *Tecoppa*. Deux esquisses peintes, signées et datées : *Broggi, 1896*. Toile. Haut., 29 cent. ; larg., 20 cent.

1063 — FERRAVILLA DE MILAN (Portrait de la mère de l'acteur). Représentée en buste, vêtue d'un costume vert, tenant dans sa main une pensée. Haut., 21 cent. ; larg., 16 cent.

1064 — FODOR-MAINVIELLE (Joséphine). Célèbre cantatrice, née à Paris en 1793. Elle est représentée en buste, tournée vers la gauche. Toile. Haut., 23 cent. ; larg., 20 cent.

1065 — GALLETTI-GIANOLI (Isabelle). Célèbre cantatrice, née en 1835. Vue en buste, grandeur nature. Toile. Haut., 73 cent. ; larg., 60 cent.

1066 — GARRICK (David). Célèbre tragédien anglais (1716-1779). Portrait en buste, de grandeur naturelle, dans le rôle de *Hamlet*. Peinture de l'école anglaise du XVIIIe siècle. Toile. Haut., 98 cent. ; larg., 80 cent. Cadre en bois sculpté, ajouré et doré.

Exposition théâtrale, n° 411.

1067 — GOZZONI (Françoise). Chanteuse, née à Parme en 1700, morte en 1770. Prima donna au Théâtre italien à Londres. Représentée debout, en costume Louis XV, robe de satin gris et manteau bleu. Peinture de l'école milanaise du XVIIIe siècle. Toile. Haut., 30 cent. ; larg., 23 cent. Cadre ancien mouluré, en écaille.

Collection du comte Carcano, de Milan.

1068 — LANTI (Thérèse). Cantatrice italienne, née à Naples en 1746, morte en 1790 ; chanta à la « Pergola » de Florence. Représentée de grandeur naturelle, en riche et curieux costume Louis XVI, à mi-corps, assise et jouant de l'épinette, sur laquelle est un livre de musique ouvert, dont elle tourne un feuillet. Fond de draperie et vue de ville. Peinture du XVIIIe siècle. Toile. Haut., 1 m. 20 ; larg. 82 cent.

Exposition théâtrale, n° 422.

1069 — LUCIA et TRASTULLO. Capitaine *Babeo* et *Cucuba*, anciens personnages du Théâtre napolitain, masqués et jouant une scène de leur répertoire. Deux peintures de l'école française de la fin du XVIIe siècle. Toiles. Haut., 80 cent. ; larg., 94 cent.

Exposition théâtrale, n°s 404 et 405.

PEDRAZZI

(LOUIS)

1070 — Malibran-Garcia (Marie-Félicité). Célèbre cantatrice, fille de Manuel Garcia, née à Paris le 24 mars 1808, morte à Manchester le 13 septembre 1836. Elle est représentée dans le rôle de *Desdemona* ; elle tient dans la main gauche un bouquet de cinq fleurs : camélia, amaranthe, rose, lupulus, olea-fragrance, dont les initiales forment le nom de *Carlo* (Charles de Bériot, qu'elle épousa en 1836). Ce portrait fut commandé par la Malibran, en 1834, à Pedrazzi, président de l'Académie de peinture à Milan. Il est le seul pour qui elle ait posé. Elle voulait en faire présent à Charles de Bériot, mais quitta Milan avant qu'il fût entre ses mains et mourut, deux ans après à Manchester. Le tableau resta dans la famille Pedrazzi, d'où il provient. Toile. Haut., 1 m. 27 ; larg., 91 cent. Cadre doré.

Exposition théâtrale, n° 489.

1071 — Malibran-Garcia. Le même personnage. Son portrait à mi-corps. Aquarelle signée et datée : *A. Basteghi, 1855*. Haut., 40 cent. ; larg., 29 cent.

1072 — Marconi (François). Ténor. Vu en buste de grandeur naturelle, dans le rôle de *Masaniello*. Toile. Haut., 60 cent. ; larg., 45 cent.

1073 — Marini (Ignace). Ténor, né à Bergame en 1815, mort en 1837. Portrait à mi-corps. Peinture par *Carnevali*, dit *Piccio*. Toile. Haut., 19 cent. ; larg., 14 cent.

Exposition théâtrale, n° 499.

1074 — Masini (Ange). Ténor italien du XIXe siècle. Portrait mi-corps à gauche, dans le rôle de *Freischütz*. Peinture sur bois. Haut., 28 cent. ; larg., 19 cent.

1075 — Mathey (Louise). Cantatrice. Portrait à mi-corps, assise, en vestale. Haut., 27 cent. ; larg., 22 cent.

1076 — Méhul (Stéphan-Nicolas-Henri). Compositeur de musique (1763-1817). Vu en buste, assis devant une épinette sur laquelle est un manuscrit de musique. Peinture anonyme de la fin du XVIIIe siècle. Toile. Haut., 30 cent. ; larg., 24 cent. Cadre ancien en bois sculpté doré.

Exposition théâtrale, n° 436.

1077 — PAISIELLO (Jean). Célèbre compositeur, né à Tarente, mort en 1816. Portrait en buste, grandeur nature. Toile. Haut., 62 cent. ; larg., 46 cent.

1078 — PARME (Portrait de la duchesse de). Elle est étendue sur un sofa, en costume oriental, lisant un livre. Inscription : *Madame, Infante, duchesse de Parme, 1759*. Toile. Haut., 46 cent. ; larg., 56 cent.

1079 — PENCO (Rosine). Née à Naples en 1830. Portrait à mi-corps, dans le rôle de *Norma*. Toile. Haut., 44 cent. ; larg., 34 cent.

1080 — RAUCOURT (Françoise). Célèbre tragédienne née à Nancy en 1756, morte en 1815. Portrait à mi-corps, dans le rôle de *Clytemnestre*. Peinture sur toile, signée : *Guillermain, 1830*. Haut., 80 cent. ; larg., 1 m. 02. Fait pendant au portrait de Talma, n° 1088.

1081 — RAVOGLI (Mme). Cantatrice italienne. Elle est représentée dans le rôle *d'Azucena* (il Trovatore). Toile. Haut., 37 cent. ; larg., 28 cent.

1082 — ROSSINI (Joachim-A.). Illustre compositeur, né à Pesaro en 1792, mort en 1868. Portrait en buste. Aquarelle. Haut., 27 cent. ; larg., 23 cent.

1083 — ROSSINI (J.-A.). Portrait en buste, à gauche. Peinture sur verre. Haut., 34 cent. ; larg., 28 cent.

1084 — ROUSSEAU (Jean-Jacques). Né à Genève en 1712, mort en 1778. Portrait présumé. Vu à mi-corps, de face, un bâton à la main. Toile. Haut., 77 cent. ; larg., 58 cent.

1085 — RUBINI. Frère du célèbre ténor. Joueur de cor à Saint-Pétersbourg. Portrait en buste, à gauche. Il tient un cor dans ses mains. Toile. Haut., 55 cent. ; larg., 48 cent.

1086 — SERASSI (Marie-Catherine). Cantatrice, organiste et pianiste, sœur de l'historien italien, née le 18 septembre 1723, morte le 11 décembre 1756. Elle prit le voile et mourut dans le monastère d'Albano. Vue à mi-corps, vêtue d'un riche costume de brocart, debout auprès d'un orgue, tenant dans sa main droite levée un feuillet de musique. Peinture par *Ghislandi*, dit Fra Galgario, neveu de la cantatrice. Toile ovale. Haut., 97 cent. ; larg., 78 cent. Cadre ancien en bois sculpté doré.

Exposition théâtrale, n° 413.

1087 — STREPPONI (Joséphine). Célèbre cantatrice, seconde femme de Verdi, née à Lodi en 1815, morte en 1897. Elle est représentée assise, à droite, jouant du clavecin. Peinture sur cuivre. Haut., 32 cent.; larg., 23 cent.

1088 — TALMA (François-Joseph). Illustre tragédien, né à Paris en 1763, mort en 1826. Portrait à mi-corps, dans le rôle d'*Égyste*. Toile. Haut., 80 cent.; larg., 1 m. 02. Fait pendant au portrait de la Raucourt, n° 1080.

Exposition théâtrale, n° 439.

1089 — VERDI (Joseph). Grand compositeur, né à Busseto (Parme) en 1813, mort en 1901. Portrait en buste, à gauche. Toile. Haut., 55 cent.; larg., 43 cent.

1090 — ZUCCARI (Charles). Fameux violoniste. Portrait de face, en costume Louis XV, assis à une table sur laquelle sont posés un violon et un livre de musique. Toile. Haut., 30 cent.; larg. 22 cent. Cadre ancien en bois sculpté doré.

Collection du comte Carcano, de Milan.

SUJETS DIVERS

1091 — APOLLON ET LES MUSES. Peinture à la détrempe, en forme de frise. XVIIe siècle. Bois. Haut., 22 cent.; larg., 89 cent. Cadre en bois peint imitant la dentelle.

1092 — CARNAVAL A VENISE. La place Saint-Marc à l'époque du carnaval. Fête populaire, à nombreux personnages. Toile. Haut., 61 cent.; larg., 80 cent.

1093 — CARNAVAL. Vue de la place d'une ville en temps de carnaval. Réunion de nombreux personnages masqués. Toile. Haut., 43 cent.; larg., 58 cent.

1094 — COMPOSITEUR DE MUSIQUE TURINAIS. Portrait. Vu à mi-corps, debout auprès d'une épinette, tenant un feuillet de musique. Toile. Haut., 90 cent.; larg., 68 cent.

1095 — CONCERT D'INSTRUMENTS A CORDES. Différents personnages, assis, jouent d'instruments divers. Peinture d'après *Paul Véronèse*. Toile. Haut., 72 cent.; larg., 55 cent. Cadre en bois sculpté doré.

1096 — CONCERT (Le). Réunion de musiciens en costumes du XVIe siècle, de grandeur nature. Trois sont assis, deux jouant de l'épinette, l'autre du violoncelle. Les autres sont debout, jouant de la théorbe, de la flûte ou de la trompe. Peinture, école ombrienne, XVIe siècle. Toile. Haut., 1 m. 80.

1097 — Contes de la Fontaine (Illustrations pour les). Deux scènes à personnages, d'après Lancret. Peintures sur verre. Haut., 35 cent.; larg., 30 cent.

1098 — Corrida (La). Combat de taureaux donné sur la grande place de Madrid, à l'occasion de la réception d'un ambassadeur allemand, ainsi qu'on peut le lire sur un écriteau que l'on voit au centre. Peinture du XVIIe siècle. Signée : *J. C. M. A.* Bois. Haut., 23 cent.; larg., 32 cent.

1099 — Danse espagnole a Paris (La). Deux peintures faisant pendants. L'un représente un couple de danseurs : hommes et femmes dans un paysage. L'autre trois figures : un cavalier et deux dames. Dans le fond de celui-ci, on aperçoit le Pont-Neuf. Ecole espagnole du XVIIe siècle. Toile. Haut., 34 cent.; larg., 46 cent.

1100 — Danseuse. Jeune fille dansant, accompagnée par un homme boiteux, étrangement habillé, jouant d'une pochette. Peinture de l'école vénitienne. Toile. Haut., 81 cent.; larg., 65 cent.

1101 — Elisir d'Amore (Scène de l'). Le docteur *Dulcamara* sur son char, au milieu de la place, débitant son élixir. Aquarelle gouachée. Signée : *Kammerer*. Haut., 44 cent.; larg., 31 cent.

1102 — Enfants musiciens. Représentés jouant de différents instruments. Deux aquarelles. Signées : *Albertis*.

1103 — Famille royale de Savoie (Personnages de la). Quatre portraits, hommes ou femmes vêtus de riches costumes. Toiles. Haut., 1 m. 13; larg., 85 cent.

1104 — Fandango (Le). Dans l'intérieur de villages espagnols, les personnages sont assemblés et se livrent à la danse. Deux peintures faisant pendants. Signées et datées : *Fabris, 1771*. Toiles. Haut., 1 m. 20; larg., 1 mètre.

Provient de la vente du comte de Turin, 5 juin 1899.

1105 — Guignol italien. Théâtre de Burattini. Peinture attribuée à *Francesco Maggiotto* (vénitien). Publiée par Corrado Ricci. Toile. Haut., 60 cent.; larg., 46 cent.

Exposition théâtrale, n° 423.

1106 — Instruments de musique. Compositions décoratives : instruments de musique, livres, fruits et draperies. Deux peintures faisant pendants. Toiles. Haut., 60 cent.; larg., 75 cent.

1107 — INSTRUMENTS DE MUSIQUE (Groupe d'). Deux pendants. Ils représentent tous deux des instruments de musique et divers objets, placés pêle-mêle, sur des tables recouvertes de tapis. Peintures par *Baschinis de Bergame*. Toiles. Haut., 58 cent. ; larg., 75 cent.

1108 — INSTRUMENTS DE MUSIQUE (Groupe d'). Deux tableaux analogues faisant pendants. Par *Baschinis*. Toiles. Haut., 55 cent. ; larg., 80 cent.

1109 — JEUX OU DE CONCERTS (Salles de). Quatre scènes d'intérieur, avec nombreux personnages masqués, en élégants costumes Louis XV. Peintures attribuées à *Pierre Longhi*. Toiles. Haut., 96 cent. ; larg., 1 m. 35.

1110 — JEU DU PONT, A VENISE (Le). De nombreux lutteurs se disputent le passage. Peinture vénitienne de la première moitié du XVIIe siècle. Bois. Haut., 48 cent. ; larg., 44 cent.

1111 — LEÇON DE DANSE (La). Le maître de danse tient par la main sa jeune élève ; un joueur de violon accompagne la danse ; à droite, la mère assiste à la leçon. Peinture attribuée à *Longhi*. Toile. Haut., 49 cent. ; larg., 44 cent. Cadre ancien en bois sculpté doré.

1112 — LEÇON DE MUSIQUE (Une). *Mayr* (Jean-Simon), 1763-1846, compositeur allemand, donne une leçon de contre-point à six de ses principaux élèves, parmi lesquels on remarque : *Donizetti*, *Pacini*, *Romano*, etc. Peinture anonyme. Toile. Haut., 63 cent. ; larg., 80 cent.

Exposition théâtrale, n° 440.

1113 — MASCARADE. Deux pendants. Personnages masqués se promenant et dansant dans des paysages avec ruines, aux environs de Rome. Toiles. Haut., 80 cent. ; larg., 1 m. 20.

1114 — MASQUES VÉNITIENS (Groupe de onze). Hommes et femmes dansant. Peinture du XVIIe siècle. Bois. Haut., 21 cent. ; larg., 50 cent.

Exposition théâtrale, n° 427.

1115 — MUSIQUE (La). Un jeune homme couronné de pampres joue de la flûte, pendant qu'une jeune fille appuyée sur un tambour de basque l'écoute. Tous deux sont devant une table chargée de raisins, à côté d'un violon et de feuillets de musique. Peinture ancienne, par *Valentino*. Toile. Haut., 97 cent. ; larg., 1 m. 25.

1116 — PAUME (Le Jeu de). [Giuoco del pallone.] Dans un paysage, au-devant d'un monument antique en ruine, des joueurs s'exercent, entourés de spectateurs. Fond de paysage maritime. Peinture sur bois par *D. Olivieri*, de Turin. Haut., 28 cent. ; larg., 42 cent.

1117 — RIDEAU DE LA SCALA DE MILAN (Esquisse pour le). Il représente l'origine du théâtre. Peinture d'après *Bertini*. Toile. Haut., 1 m. 07 cent. ; larg., 2 m. 40 cent.

1118 — RIDEAU DE THÉATRE (Esquisse pour un). Allégorie représentant la Musique et la Poésie, descendant de l'Olympe sur la Terre. Peinture-esquisse par Bertini pour un rideau de la *Scala de Milan*. Toile. Haut., 92 cent. ; larg., 1 m. 25.

1119 — SALLE DE BAL MASQUÉ (Intérieur d'une). Les danseurs masqués sont en costume hollandais. Peinture de l'école hollandaise. Bois. Haut., 23 cent. ; larg., 16 cent.

1120 — SCÈNE D'INTÉRIEUR. Petite peinture de forme circulaire. Toile. Diam., 10 cent.

1121 — TARTUFE DE MOLIÈRE (Scène de). Tandis que l'abbé fait sa déclaration à la dame, qui feint de l'écouter avec timidité, sous la table on aperçoit le mari qui sort la tête. Peinture de l'école française du XVIIIe siècle. Toile. Haut., 1 m. 47 ; larg., 80 cent.

1122 — THÉATRE DE LA FÉNICE, A VENISE (Intérieur du). Vu pendant la représentation, les spectateurs garnissant la salle. Toile. Haut., 61 cent. ; larg., 80 cent.

1123 — THÉATRE A VENISE A L'ÉPOQUE DE GOLDONI (Le). Intéressante série de quatre tableaux représentant : le théâtre pendant les répétitions ; le théâtre pendant les représentations. Peintures attribuées à *Pietro Longhi*. Bois. Haut., 61 cent. ; larg., 80 cent.

1124 — TRIO AU XVIe SIÈCLE (Un). Composition de trois figures, grandeur plus que nature, jouant de différents instruments autour d'une table. École vénitienne. Toile. Haut., 2 m. 35 ; larg., 1 m. 83.

MINIATURES

PORTRAITS

1125 — ACTRICE. En corsage noir décolleté. Miniature ronde sur ivoire. Époque de la Restauration. Cadre en bronze patiné.

1126 — ACTRICE. Portrait d'actrice travestie en costume d'arlequin. Miniature ovale. Cadre noir.

1127 — ACTRICE. Portrait d'une jeune fille en costume Louis XVI, corsage décolleté rose. Miniature sur ivoire, de forme ovale. Cadre médaillon en argent.

1128 — ANONYME. Portrait d'homme en costume Louis XV, habit bleu et tricorne ; il tient un feuillet de musique. Miniature ovale, peinte à l'huile sur cuivre. Cadre en cuivre.

1129 — ANONYME. Portrait de femme vue en buste, en costume Louis XV, habit rouge et châle vert. Miniature rectangulaire sur cuivre. Cadre en écaille.

1130 — ANONYME. Portrait de femme en costume turc, assise et jouant un instrument à cordes ; à ses côtés, un Amour tenant un feuillet de musique. Miniature ronde sur vélin.

1131 — ANONYME. Portrait de femme en costume Empire. Miniature rectangulaire sur ivoire.

1132 — ANONYME. Portrait de femme en robe décolletée bleue. Miniature ovale sur ivoire. Cadre bois noir.

1133 — CHANTEUR NAPOLITAIN. Portrait d'un artiste napolitain en habit clair. XVIIIe siècle. Miniature rectangulaire sur cuivre.

1134 — CHERUBINI (Salvador). Né le 8 septembre 1760 à Florence, mort à Paris le 15 mars 1842. Un des plus célèbres compositeurs du XIXe siècle. Miniature ronde sur ivoire. Cadre noir.

1135 — CHERUBINI (Salvador). Miniature ronde sur ivoire. Cadre en argent.

1136 — CHERUBINI (Salvador). Très petite miniature ronde sur ivoire, forme médaillon.

1137 — COMPOSITEUR. Portrait d'homme en costume Louis XVI, habit rouge et perruque ; il tient un cahier de musique. Miniature ronde sur ivoire.

1138 — COMPOSITEUR. Portrait d'homme en costume Empire, assis, écrivant près d'une épinette. Miniature ronde sur ivoire. Cadre à ornements frappés.

1139 — COMPOSITEUR DE MUSIQUE. Portrait d'homme en costume Directoire. Miniature ovale sur ivoire, dans un écrin en cuivre.

1140 — COSTUME. Portrait de femme en robe noire et coiffée d'un bonnet. Miniature ovale sur ivoire.

1141 — COSTUME. Portrait de femme en costume du XVe siècle. Miniature ronde sur le couvercle d'une boite en ivoire.

1142 — COSTUME. Jeune femme en robe violette, assise dans un paysage, tenant une lettre ouverte. Miniature ronde sur ivoire. Signée : *Valeri F.*

1143 — CUCCHI (Claudine). Née à Milan le 10 novembre 1828. Portrait d'une des plus célèbres danseuses. Miniature ovale sur ivoire. Signée : *G. Selva.*

1144 — DAVID. Il est représenté en costume oriental. Miniature rectangulaire sur ivoire. Signature et inscription : AL . DIVINO · DAVID . L'AMICO ALESSANDRO . VALENTINI . PER . SUA . CARA . MEMORIA . DIPINSE. 1830.

1145 — DAVID (J.-N.). Comédien français, né le 17 mars 1794, mort à Paris le 21 octobre 1866. Miniature ronde sur ivoire.

1146 — DIVERS. Trois miniatures peintes à l'aquarelle, à la gouache ou à l'huile. Formes variées.

1147 — DONIZETTI (Gaëtan). Célèbre compositeur, né à Bergame le 25 septembre 1798, mort le 8 avril 1848. Miniature ronde sur ivoire. Cadre en bronze doré.

1148 — DONIZETTI (Gaëtan). Il est représenté jeune. Miniature rectangulaire sur ivoire. Cadre en velours frappé.

1149 — DONIZETTI. Violoniste, frère du grand compositeur. Il est représenté assis, tenant son violon. Grande miniature rectangulaire sur ivoire.

1150 — DONIZETTI (Mlle). Portrait de la sœur du précédent. Miniature ronde sur ivoire. Signée et datée : *Sviderocchi, 1841.*

1151 — DUSE (Eleonora). Grande tragédienne italienne, née à Vigevano le 3 octobre 1859. Miniature ovale sur ivoire. Signée : T. V. M. MANUSSOS. Dans un écrin en velours.

1152 — ELSSLER (Fanny). Célèbre danseuse, née à Vienne en 1810, morte en 1884. Miniature ovale. Signée : *Heinkich, 1840.*

1153 — FITZ-JAMES (Natalie). Célèbre danseuse anglaise. Elle dansa à la Scala en 1844. Miniature ovale sur ivoire. Cadre en bois sculpté doré.

QUAGLIA

(FERDINAND)

1154 — GRASSINI (Joséphine). Célèbre cantatrice, née à Varese en 1773, morte à Milan en janvier 1850. Représentée dans le rôle de *Norma.* Miniature sur ivoire de forme ovale. Signée : *Quaglia.* Cette miniature fut commandée au célèbre maître par l'empereur Napoléon Ier. (Les miniatures de cet artiste sont très rares. On voit de lui le portrait de l'impératrice Joséphine à la collection *Richard Wallace.*) Haut., 105 millim. ; larg., 82 millim.

1155 — JEUNE DAME. Portrait, en robe bleue décolletée Empire. Miniature ronde sur ivoire.

1156 — JOUEUSE D'ÉPINETTE. Portrait de jeune femme en robe noire décolletée Empire. Elle joue de l'épinette. Miniature ovale sur ivoire. Cadre en bois sculpté, timbré d'une couronne.

1157 — JOUEUSE DE GUITARE. Portrait de femme assise jouant de la guitare. Miniature ronde, signée : *C. R. Sparolio.*

1158 — JOUEUSE DE HARPE. Miniature ovale, sur ivoire. Cadre en métal.

1159 — LANNER (Joseph). Compositeur, né à Oberdöbling, près de Vienne, le 15 avril 1800 ; mort à Vienne le 14 avril 1843. Miniature ovale sur ivoire. Cadre en bois doré.

1160 — MALIBRAN-GARCIA (Marie-F.). Elle est représentée dans le rôle d'*Attila*. Miniature ovale sur ivoire. Signée et datée : *C. Villa Croce f., 9bre 1832*. Cadre en cristal de roche, entourage de rubis montés en or.

1161 — MANFREDINI (Vincent). Compositeur instrumental, né à Bologne vers 1725. Miniature ronde sur ivoire.

1162 — MOLIÈRE (J.-B. Poquelin, dit). Portrait présumé du célèbre poète comique français, né à Paris le 15 janvier 1622, mort le 17 février 1673. Miniature ovale sur ivoire. Cadre médaillon en or et encadrement d'argent filigrané.

1163 — MOZART (Wolfgang). Compositeur, génie créateur dans tous les genres. Miniature ovale sur ivoire. Cadre médaillon à nœud de ruban en argent.

1164 — NAUDIN (Émile). Célèbre ténor, né à Parme le 23 octobre 1823. Miniature ovale sur ivoire.

1165 — NAUDIN (Émile). Miniature rectangulaire sur ivoire.

1166 — PAGANINI (Nicolas). Célèbre violoniste, né à Gênes le 18 février 1784, mort à Nice le 27 mai 1840. Miniature de forme ronde, montée sur une broche en or contenant des cheveux de l'artiste.

1167 — PASTA. Dans le rôle de *la Juive*. Miniature ovale à l'aquarelle sur papier.

1168 — Pelzet (Madeleine-Signorini). Actrice renommée, née à Florence le 11 février 1802, morte le 18 novembre 1854. Miniature ronde sur ivoire.

1169 — Penco (Rosine). Célèbre cantatrice, née à Naples en avril 1830. Miniature ovale sur ivoire, signée : *Guglielmo Morselli, 1851.*

1170 — Peri (Achille). Musicien, né à Reggio d'Emilia le 20 décembre 1812. Miniature ovale sur ivoire. Cadre en bronze.

1171 — Righetti-Giorgi (Gertrude). Cantatrice renommée. Elle créa le rôle de *Rosina* (environ 1816). Miniature ovale sur ivoire, par *Gandolfi.*

1172 — Ronconi (Georges). Fils de Domenico. Célèbre ténor, né à Milan le 6 août 1810, mort à Saint-Pétersbourg le 10 septembre 1875. Miniature ovale sur ivoire.

1173 — Rossini (Joachim). Miniature ovale sur ivoire. Cadre noir.

1174 — Ronzi de Begnis (Cl.-Joséphine). Célèbre cantatrice, née à Milan en 1800, morte à Florence le 7 juin 1853. Miniature ovale sur ivoire, signée et datée : *S. Ronconi, 1872.* Cadre en ébène mouluré, orné d'appliques en bronze et petits médaillons de pierres dures.

1175 — Spinelli (Luisa). Portrait de femme en carmélite. Miniature ronde sur ivoire.

1176 — Talma (François-Joseph). Célèbre tragédien français. Il est représenté dans le rôle de *Jules César.* Miniature ronde sur ivoire.

1177 — Tamburini (Antoine). Baryton, né à Faenza en 1800, mort en 1876. Portrait à mi-corps, assis auprès d'une console. Miniature rectangulaire à l'aquarelle sur carton. Haut., 20 cent. ; larg., 15 cent.

DIVERS

1178 — Boîte rectangulaire à couvercle, en ancien émail, décorée de musique. Au revers, sur un livre en trompe, l'inscription : *Violon de L. M.* xviiie siècle.

1179 — Boite analogue plus petite. xviiie siècle.

1180 — Autre boîte analogue avec musique et paroles. Monture en argent. xviiie siècle.

1181 — Boîte ronde en papier ; sur le couvercle, scène avec huit personnages. Au-dessous est écrit : *Triomphe de Ninon, et Molière récitant Tartufe.*

1182 — Boîte rectangulaire en cuivre ; sur le couvercle, toréador et taureau. XVIIIe siècle.

1183 — Bonbonnière forme tambour en émail, décor d'attributs militaires. XVIIIe siècle.

1184 — Montre en argent ciselé sur le boîtier : concert. Époque Louis XV.

1185 — Plaquette circulaire en nacre sculptée, personnages de la Comédie italienne. XVIIIe siècle. Diam., 9 cent.

1186 — Tabatière ronde en écaille brune cerclée d'or, sur le couvercle : Arlequin et Paillasse, en pointillé or et nacre. Inscription : RIDENDO . CORRIGO . MORES . XVIIe siècle. Diam., 80 millim.

1187 — Tabatière ovale avec incrustation en cuivre doré : Temples anciens.

1188 — Tabatière en papier, avec, sur le couvercle : *l'Extase d'Arlequin et de Pierrot au musée.*

FAIENCES

1189 — Allemagne. Statuette représentant *Pantalon* tenant un glaive, une jambe levée. Haut., 15 cent.

1190 — Angleterre. Statuette en faïence, représentant *Paul Pry.*

1191 — Cafaggiolo. Coupe sur petit piédouche, en ancienne faïence, décor en plein, représentant un camp, animé d'une figure de femme et d'un joueur de tambour. Diam., 20 cent.

1192 — Castelli. Boîte oblongue à couvercle, en ancienne faïence. Sur le couvercle *Arlequin et Colombine* jouant de la guitare.

1193 — Castelli. Boîte couverte, de forme rectangulaire, en ancienne faïence, décorée en couleurs de deux personnages jouant de la guitare.

1194 — Castelli. Flacon avec son bouchon, en faïence décorée en couleurs d'une figure d'enfant avec corbeille de fleurs et fruits, et d'un amour jouant de la guitare, dans un paysage.

1195 — Capo di Monte. Écritoire en ancienne faïence décorée en couleurs, figurant une fontaine à coquilles et rocailles, avec mascaron, vase et figure de Pierrot masqué. Haut., 22 cent.

1196 — Diverses. Deux assiettes en faïence décorée, au centre, personnages de la Comédie italienne.

1197 — Divers. Deux figurines d'*Arlequin et Colombine* porte-cure-dents, en faïence décorée. Haut., 16 cent.

1198 — Divers. Deux figurines d'*Arlequin et Arlequine* porte-cure-dents, en faïence décorée. Haut., 12 cent.

1199 — Diverses. Deux figurines de *Polichinelle et Brighella*, portant une hotte formant porte-cure-dents, en faïence décor polychrome. Haut., 13 cent.

1200 — Divers. Couvercle de soupière, le bouton fait d'un groupe de lutteur, en porcelaine.

1201 — Hoechst? Statuette d'homme en costume oriental, coiffé d'un turban et vêtu d'un burnous blanc, en ancienne faïence. Haut., 18 cent.

1202 — Italie. Important groupe en ancienne faïence, décoré au naturel, représentant une figure de Pierrot assis sur un tertre et donnant à manger à deux singes. Haut., 44 cent.

1203 — Italie. Important groupe en ancienne faïence du xviiie siècle, représentant, groupés autour d'un piédestal, quatre personnages: vendangeur, jeune femme tenant un panier de fleurs, joueur de guitare et enfant jouant avec un chien. Haut., 28 cent.

1204 — Milan. Grand plat creux en ancienne faïence décorée en jaune et vert d'une figure de femme jouant du violon dans un paysage. Bordure à feuillages. xve siècle.

1205 — Miller (Jules). Compositeur. Médaillon ovale en terre émaillée blanc. Haut., 12 cent.; larg., 9 cent.

1206 — Montelupo. Plat creux en ancienne faïence décorée au centre d'une figure d'Arlequin. Diam., 31 cent.

1207 — Montelupo. Plat en ancienne faïence, décoré de personnage joueur de ballon. Diam., 32 cent.

1208 — Montelupo. Grand pot sphérique à une anse, en ancienne faïence décorée d'une figure d'Arlequin. Haut., 31 cent.

1209 — Naples. Deux vases à deux anses, serpents enroulés, en ancienne faïence, décorés sur la panse de figures de Polichinelle et du Canta-Storie napolitain. Haut., 34 cent.

1210 — Naples. Groupe en ancienne faïence, représentant, devant un portique à deux colonnes avec médaillon central porte-montre et surmonté d'un lion assis, une jeune femme accompagnant au clavecin un chanteur assis en face d'elle; à leurs pieds, un chien couché, formant bouton d'un couvercle dissimulant trois compartiments. Haut., 42 cent.

1211 — Novi. Plateau à piédouche, en ancienne faïence décorée d'un acrobate faisant de la voltige sur un cheval au galop. Diam., 32 cent.

1212 — Pesaro. Vide-poche en ancienne faïence, formé d'un singe lisant de la musique et jouant de la timbale, celle-ci formant coupe, sur une terrasse de forme contournée, semée de fleurettes et renfermant un tiroir. Haut., 15 cent.; larg., 25 cent. 1/2.

1213 — Strasbourg? Important groupe en ancienne faïence, représentant une femme en costume oriental, debout, tenant de la main droite un écran, le bras gauche autour d'un vase fleuri, posé sur une console à rocailles feuillagées, décor polychrome. Haut., 32 cent.

1214 — Urbino. Vide-poche forme fontaine, avec figurine d'Apollon jouant de la lyre, en ancienne faïence. Haut., 29 cent.

1215 — Urbino. Coupe à piédouche, en ancienne faïence décorée en plein en couleurs : Orphée aux enfers. Diam., 28 cent. 1/2.

1216 — Urbino. Orgue en ancienne faïence décor polychrome, accosté de deux figures d'anges ailés. Il forme porte-fleurs. Au-dessous, on lit : AD.ORDIN.DEL SIG : D[n] BERARDOCELLI. Haut., 17 cent.

1216 *bis* — Venise. Statuette de femme en costume Louis XVI, chantant et tenant un feuillet de musique à la main. Haut., 14 cent.

1217 — Venise. Onze assiettes à bord festonné, en ancienne faïence décorée en couleurs; au centre, des personnages de la Comédie italienne. Elles portent la marque en rouge : *Ven.*".

PORCELAINES

1218 — Allemagne. Grande statuette d'homme âgé en bonnet et longue veste violette, debout sur une terrasse rocaille, jouant de la guitare. Ancienne porcelaine. Haut., 28 cent.

1219 — Allemagne. Groupe en ancienne porcelaine : Joueur de flûte et joueuse de luth. Haut., 17 cent.

1220 — Allemagne. Statuette de joueur de clarinette debout. Ancienne porcelaine. Haut., 12 cent.

1221 — Allemagne. Statuette en ancienne porcelaine. Bossu en costume Louis XVI regardant en l'air. Haut., 13 cent.

1222 — Allemagne. Statuette en ancienne porceleine blanche et dorure : Joueur de tympans. Haut. 12 cent.

1223 — Allemagne. Statuette de la Muse *Euterpe*, en ancienne porcelaine. Haut., 11 cent. 1/2.

1224 — Allemagne. Statuette d'*Arlequin* assis sur un tronc d'arbre, serrant d'une main un broc, de l'autre son chapeau. Ancienne porcelaine. Haut., 17 cent.

1225 — Allemagne. Statuette d'*Arlequin*, costume mi-rayé, mi-partie cartes à jouer. Porcelaine. Base quadrangulaire. Haut., 21 cent.

1226 — Allemagne. Statuette de *Pierrot* debout, en ancienne porcelaine. Haut., 16 cent.

1227 — Allemagne. Statuette de *Polichinelle* en porcelaine. Haut., 11 cent.

1228 — Berlin. Statuette d'amour jouant du violon. Ancienne porcelaine. Haut., 10 cent.

1229 — Berlin. Statuette d'amour costumé, tenant un feuillet de musique. Ancienne porcelaine. Haut., 9 cent.

1230 — Capo di Monte. Sucrier, trois tasses et quatre soucoupes, décor de figures de funambules, d'après des fresques d'Herculanum. Porcelaine.

1231 — Capo di Monte. Groupe de deux personnages: l'*Avarice*. Ancienne porcelaine tendre. Haut., 14 cent.

1232 — Capo di Monte. Groupe en biscuit: Dieu Pan enseignant à jouer de la flûte à un adolescent. Haut., 32 cent.

1233 — Capo di Monte. Groupe galant de deux personnages en ancienne porcelaine tendre blanche, avec rehauts d'or. Haut., 22 cent.

1234 — Capo di Monte. Groupe de trois *Comédiens italiens*, en ancienne porcelaine tendre blanche. Haut., 19 cent.

1235 — Capo di Monte. Statuette en ancienne porcelaine tendre blanche, *Brighella*. Haut., 16 cent.

1236 — Capo di Monte. Statuette de *Brighella*, en ancienne porcelaine tendre. Haut., 15 cent.

1237 — Capo di Monte. Statuette en ancienne porcelaine, *Brighella* tenant un livre; un couteau dans sa gaine suspendu à son côté gauche. Haut., 15 cent.

1238 — CAPO DI MONTE. Deux statuettes en ancienne porcelaine tendre, paysan et paysanne dansant. Haut., 17 cent.

1239 — CAPO DI MONTE. Groupe en ancienne porcelaine tendre, *Apollon écorchant Marsyas* lié à un arbre. Haut., 25 cent.

1240 — CAPO DI MONTE. Statuette d'homme masqué, vêtu de blanc, grand chapeau noir, un couteau à la ceinture. Ancienne porcelaine tendre. Haut., 15 cent.

1241 — CAPO DI MONTE. Importante statuette en ancienne porcelaine blanche, représentant une figure d'homme en costume du capitaine Spacca; décor en dorure. Haut., 33 cent.

1242 — CHELSEA. Deux statuettes de paysan et paysanne dansant et chantant. Ancienne porcelaine décorée. Haut., 14 cent.

1243 — CHELSEA. Statuette d'*Arlequin* en ancienne porcelaine tendre. Haut., 14 cent.

1244 — CHELSEA. Statuette d'*Arlequin* donnant une gifle. Ancienne porcelaine tendre. Haut., 15 cent.

1245 — CHELSEA. Important groupe d'*Arlequin et Arlequine* devant un arbre fleuri; terrasse à rocailles. Porcelaine tendre. Haut., 24 cent.

1246 — CHELSEA. Statuette de femme en *Polichinelle*. Ancienne porcelaine tendre. Haut., 12 cent.

1247 — CHELSEA. Statuette de jeune fille en costume Louis XV, jouant de la guitare. Porcelaine tendre. Haut., 18 cent.

1248 — CLOSTER-VEILSDORF. Statuette d'acteur de la Comédie italienne, en costume à raies vertes. Ancienne porcelaine. Marque *C. V.* Haut., 16 cent.

1249 — COPENHAGUE. Statuette en biscuit, représentant *Byron* assis sur une stèle, drapé dans une cape et tenant un livre. Socle carré. Haut., 35 cent.

1250 — DIVERS. Statuette de *Rachel* en porcelaine, d'après A. Barre. Elle est représentée debout dans un de ses rôles. Haut., 39 cent.

1251 — DIVERS. Statuette en biscuit, représentant l'acteur *Désiré*, dans le rôle de *Jupiter*, métamorphosé en abeille. Haut. 29 cent.

1252 — DIVERS. Statuette de femme coiffée d'un chapeau pointu. Biscuit. Haut., 16 cent.

1253 — Divers. Pomme de canne faite d'une tête d'homme, coiffé d'un bonnet, un masque lui pend sur la joue. Porcelaine.

1254 — Divers. Six petits plats ornés de figures de masques italiens.

1255 — Divers. Statuette de *Pantalon*. Biscuit. Haut., 16 cent.

1256 — Divers. Statuette de *Polichinelle*. Ancien biscuit. Haut., 16 cent.

1257 — Divers. Trois petites statuettes de *Polichinelles* accroupis. Porcelaine. L'un des trois repose sur un socle. Haut., 7 cent.

1258 — Divers. Statuette de *Docteur* en habit noir et collet blanc. Ancienne porcelaine. Haut., 12 cent.

1259 — Frankenthal. Statuette de femme en costume oriental et tenant une guirlande de fleurs. Ancienne porcelaine. Haut., 13 cent.

1260 — Frankenthal. Deux groupes en ancienne porcelaine, représentant, l'un une jeune femme disputant deux flûtes à deux enfants, l'autre un joueur de tambourin avec deux enfants, dont une fillette jouant de la vielle. Haut., 23 cent.

1261 — Frankenthal. Statuette d'homme assis, en costume Louis XV, sonnant du cor. Ancienne porcelaine. Haut., 17 cent.

1262 — Frankenthal. Statuette d'homme en costume oriental, jouant du serpent. Ancienne porcelaine. Haut., 16 cent.

1263 — Frankenthal. Statuette de femme jouant de la guitare. Ancienne porcelaine. Pendant du précédent.

1264 — Frankenthal. Deux grandes statuettes d'homme jouant de la cornemuse et femme jouant de la vielle. Porcelaine. Haut., 37 cent.

1265 — Frankenthal. Statuette en ancienne porcelaine : jeune femme tenant une guirlande de fleurs. Marque de *Karl Théodore*. Haut., 15 cent.

1266 — Furstenberg. Statuette en ancienne porcelaine, représentant *Pantalon*. Haut., 20 cent.

1267 — Hoechst. Soupière ronde couverte, à deux anses, en ancienne porcelaine, décor de groupes de personnages de la Comédie italienne dans des paysages. Diam., 18 cent.

1268 — Hoechst. Grande statuette en ancienne porcelaine, représentant un acteur dans le rôle de l'*Avare*. Haut., 29 cent.

1269 — Hoechst. Enfant en costume jouant de la mandoline. Ancienne porcelaine. Haut., 13 cent.

1270 — Italie. Deux magots accroupis. Porcelaine. Haut., 13 cent.

1271 — Italie. Statuette d'homme masqué, personnage de la Comédie tenant un livre sur son genou. Ancienne porcelaine. Haut., 14 cent.

1272 — Limbach. Statuette de sauvage figurant l'*Amérique*. Ancienne porcelaine. Haut., 20 cent.

1273 — Limbach. Statuette d'*Arlequine* dansant. Ancienne porcelaine. Haut., 13 cent.

1274 — Louisbourg. Statuette en ancienne porcelaine : *Danseur*. Haut., 14 cent.

1275 — Naples. Figurine de grotesque : femme assise coiffée d'un grand chapeau. Ancienne porcelaine tendre blanche. Haut. 15 cent.

1276 — Naples. Tasse et sa soucoupe en ancienne porcelaine, décor représentant les Muses de la musique.

1277 — Naples. Groupe de deux personnages de la Comédie italienne. Ancienne porcelaine tendre. Haut., 15 cent.

1278 — Naples. Important groupe, avec arbre fruitier sur un tertre rocailleux, présentant de nombreux enfants, les un jouant à la bascule, les autres à la cueillette des fruits et à des jeux variés. Ancien biscuit. Haut., 34 cent.

1279 — Nymphenbourg. Statuette de joueur de flûte, debout, auprès d'un piédestal. Ancienne porcelaine. Haut. 13 cent.

1280 — Nymphenbourg. Statuette d'enfant se mettant un masque au visage. Ancienne porcelaine. Haut., 10 cent.

1281 — Nymphenbourg. Statuette d'homme assis, en costume Louis XV, jouant du chalumeau. Ancienne porcelaine. Haut., 11 cent.

1282 — Rudolstadt. Statuette en ancienne porcelaine : figure d'*Arlequin*, marqué *R* en violet.

1283 — Saxe. Statuette d'homme en costume mongol, assis sur une terrasse rocailles et tenant une coupe. Porcelaine. Haut. 12 cent.

1284 — Saxe. Statuette d'homme jouant de la flûte et du tambour. Ancienne porcelaine. Haut., 14 cent.

1285 — Saxe. Statuette d'homme debout, en costume à raies rouges et manteau jaune, coiffé d'un turban, sur terrasse rocaille. Ancienne porcelaine. Haut.. 14 cent.

1286 — Saxe. Statuette de joueur de flûte en costume Louis XV. Ancienne porcelaine. Haut., 13 cent.

1287 — Saxe. Statuette de jeune fille assise jouant de la vielle. Ancienne porcelaine. Haut., 11 cent. 1/2.

1288 — Saxe. Statuette de joueur de cornemuse, assis. Ancienne porcelaine. Haut., 12 cent.

1289 — Saxe. Statuette de joueur de flûte. Ancienne porcelaine. Haut., 13 cent.

1290 — Saxe. Statuette d'enfant jouant de la cornemuse. Porcelaine surdécorée. Haut., 13 cent.

1291 — Saxe. Statuette de jeune femme jouant de l'épinette. Porcelaine. Haut., 12 cent.

1292 — Saxe. Statuette de femme jouant du luth, en costume d'orientale. Ancienne porcelaine. Haut., 17 cent.

1293 — Saxe. Statuette de joueur de vielle, assis, vêtu d'une robe jaune, déchirée. Ancienne porcelaine. Haut., 14 cent.

1294 — Saxe (genre de). Grande statuette de jeune femme jouant du luth. Porcelaine. Haut., 28 cent.

1295 — Saxe. Statuette en ancienne porcelaine : Jeune fille dansant et jouant du tambour de basque. Haut., 15 cent.

1296 — Saxe (au point). Partie de surtout composée de deux groupes de cinq enfants jouant de divers instruments de musique. Haut., 25 cent.

1297 — Saxe. Statuette d'*Arlequin* debout, coiffé d'un chapeau pointu. Porcelaine. Haut., 16 cent.

1298 — Saxe. Deux statuettes d'homme et femme dansant, en ancienne porcelaine décorée, en costume de la Comédie italienne. Haut., 13 et 15 cent.

1299 — Saxe (genre). Statuette d'acteur de la Comédie italienne. Porcelaine. Haut., 17 cent.

1300-1301 — Saxe. Deux statuettes : *Arlequin* et *Arlequine*. Ancienne porcelaine. Haut., 12 cent.

1302 — Saxe. Statuette de *Pierrot*, le pantalon parsemé de cartes à jouer. Ancienne porcelaine. Haut., 14 cent.

1303 — Saxe. Statuette du *Docteur*. Porcelaine. Haut., 13 cent. 1/2.

1304 — Saxe. Statuette du *Docteur Faust*. Ancienne porcelaine. Haut., 12 cent.

1305 — Sèvres. Grand vase à piédouche, en porcelaine bleue ; anses formées de têtes de béliers en bronze doré. Présent de Napoléon III à Mme Penco. Haut., 67 cent.

1306 — Sèvres (genre). Statuettes de l'acteur *Volange* tenant une lanterne, et Mlle *Joly* en costume breton. Biscuit. Haut., 35 cent.

1307 — Strasbourg. Deux figurines en ancienne porcelaine : caricatures. Haut., 12 cent.

1308 — Venise. Service à café et à thé, en ancienne porcelaine, décor personnages de la Comédie italienne, comprenant : une cafetière, une théière, un pot à thé, six tasses.

1309 — Vienne. Coupe forme coquille à rocailles, ornée d'une statuette de joueur de luth. Porcelaine. Larg., 27 cent.

1310 — Venise. Statuette d'homme masqué en costume Louis XV. Ancienne porcelaine tendre. Haut., 14 cent.

1311 — Venise. Deux petites statuettes en porcelaine tendre, *le Docteur et sa femme*, sur base en écaille. Haut., 13 cent.

1312 — Vienne. Statuette d'amour en moine quêtant. Haut., 10 cent.

1313 — Vienne. Statuette d'amour en comédien italien, avec manteau jaune et tricorne. Haut., 10 cent.

1314 — Vienne. Statuette de joueur de cornemuse assis sur un rocher. Haut., 17 cent.

1315 — Venise. Statuette d'homme costumé, formant sifflet. Haut., 9 cent.

1316 — Venise. Statuette d'*Arlequin*. Ancienne porcelaine. Haut., 10 cent.

1317 — Venise. Statuette d'*Arlequin*. Ancienne porcelaine. Haut., 16 cent.

1318 — Venise (?) Deux statuettes d'*Arlequin* et *Arlequine*. Haut., 13 cent.

1319 — Venise. Groupe en ancienne porcelaine tendre : Soubrette soignant Pantalon malade. Haut., 13 cent.

1320 — Venise. Statuette de *Brighella* en habit blanc brodé de vert. Ancienne porcelaine. Haut., 14 cent.

1321 — Venise. Statuette de *Pierrette*, avec un haut chapeau pointu. Ancienne porcelaine tendre. Haut., 17 cent.

1321 *bis* — Frankental. Portrait-charge d'un acteur dans le rôle d'un postillon. Marque H. F. 9 A. H. Ancienne porcelaine tendre. Haut., 14 cent.

1321 *ter* — Capodimonte. Portrait-charge d'un acteur. Ancienne porcelaine tendre. Haut., 14 cent.

1322 — Capodimonte. Portrait-charge de l'*Abbé Galliani*, célèbre compositeur. Ancienne porcelaine tendre. Haut., 14 cent.

1323 — Wedgwood. Buste de *J.-J. Rousseau*. Biscuit noir.

JEUX

1324 — COFFRET renfermant quatre boîtes à jetons, décorées au vernis et en dorure sur fond rouge. Au centre de chaque boîte, marqueurs en ivoire. XVIIIe siècle.

1325 — Autre coffret analogue, décoré en dorure sur fond rouge, renfermant également quatre boîtes à jetons. XVIIIe siècle.

1326 — JEU DE DOMINOS en bois, dans une boîte sculptée avec chiffres *B. R.*, et un autre dans un étui cylindrique en os.

1327 — LA TORRE REALE.

1328 — DEUX JEUX D'OIE avec figures mythologiques à l'aquarelle, rehaussé d'or. XVIIe siècle.

1329 — TROIS ROUES de loterie.

1330 — JEUX de loterie divers.

1331 — DEUX BOÎTES à jetons.

1332 — LOT de boîtes à jetons.

1333 — LOT de cartons de loterie.

1334 — JEUX DIVERS.

1335 — LOT de tarots et jeux de cartes.

1336 — NÉCESSAIRE A COUDRE en forme de clavecin, en acajou, garni d'ustensiles en argent. Époque Empire.

1337 — LOT de modèles de décors.

1338 — DEUX JEUX de loterie.

1339 — JEUX D'ÉCHECS en bois sculpté peint. Travail vénitien.

1340 — JEUX D'ÉCHECS en bois blanc et noir.

1341 — TROIS DÉS à jouer en ivoire.

1342 — VINGT-NEUF PIÈCES d'échiquiers en ivoire sculpté : statuettes, cavaliers, tours, sur socle en ivoire.

1343 — SEPT PIONS d'échiquier en ivoire ou bois sculpté : bustes et cavalier sur socle ajouré ; plus deux pièces d'échiquier en bronze : cavalier et tour.

1344 — BOÎTE carrée en carton, contenant un jeu de tableaux, etc.

1345 — AUTOMATE en bois peint, assis et jouant du violon sur une caisse à musique.

INSTRUMENTS DE MUSIQUE

1346 — Harpe en bois sculpté et partiellement doré, avec table d'harmonie, décorée au vernis de fleurs et attributs. Époque Louis XVI.

1347 — Petit modèle de clavecin rectangulaire renfermant un nécessaire d'instruments et ustensiles divers.

1348 — Épinette à cinquante touches en noyer, aux extrémités du clavier deux lions, avec frise ajourée et inscription.

1349 — Épinette ancienne à quarante-cinq touches, en ivoire et ébène, aux extrémités du clavier deux lions ; caisse en bois peint.

1350 — Épinette à cinquante touches, du XVIe siècle, en bois blanc et noir.

1351 — Epinette à quarante-cinq touches avec inscription sur le devant, la caisse en bois peint richement décorée ; l'intérieur du couvercle, sujet peint : Judith et Holopherne.

1352 — Couvercle d'épinette, au centre, médaillon avec sujet tiré du Nouveau Testament.

1353 — Clavecin vertical Empire, support à quatre pieds en bois de noyer.

1354 — Basse à cordes, le manche terminé par une tête de lion.

1355 — Instrument à trois cordes de forme rectangulaire.

1356 — Trois guitares incrustées de nacre et os.

1357 — Deux instruments à cordes, ornements gravés en marqueterie.

1358 — Deux cistres.

1359 — Trois guitares à deux manches et nombreuses cordes disposées sur deux registres.

1360 — Guitare du XVe siècle, en forme de pelle.

1361 — Lyre.

1362 — lyre à onze cordes, en forme de petite harpe.

1363 — Deux psautiers.

1364 — Deux psautiers dont un à 32 cordes.

1365 — Vielle incrustée d'os.

1366 — Cor en laiton avec pavillon peint figurant une tête de monstre.

1367 — Flûte en bois, en forme de canne.

1368 — Trois hautbois en bois et ivoire.

1369 — Hautbois recourbé en bois noir.

1370 — Clarinette en laiton.

1371 — Instrument monocorde en bois, de forme rectangulaire.

1372 — Serpent d'église en cuir.

1373 — Basson dans sa gaine en bois recouverte en cuir.

1374 — Grand cor en ivoire.

1375 — Mandole incrustée de nacre.

1376 — Quatre violons.

1377 — Tambourin chinois.

1378 — Deux théorbes à nombreuses cordes.

1379 — Psautier saxon à vingt et une cordes.

1380 — Petit modèle de psautier en nacre, bois et écaille.

1381 — Modèle de mandole incrusté de nacre sur écaille.

1382 — Modèle de lyre en écaille, incrustations de nacre.

1383 — Modèle de harpe, écaille, incrustations de nacre.

1384 — Petit modèle de luth et petit modèle de guitare, écaille et incrustations de nacre.

1385 — Modèle d'instrument oriental à cinq cordes.

1386 — Cor en laiton avec pavillon tête de serpent. Marqué : *Angeli Ricchi in Roma.*

1387 — Instrument composé de deux pièces en bois sculpté (pour remplacer le son des cloches).

1388 — Deux tambourins, dont un incrusté en nacre.

1389 — Cor en nerf de bœuf.

1390 — Piano en acajou, avec table d'harmonie en hauteur, en forme de harpe. Il porte la marque : *Erfunden, Martin Scuffert in Wien.* Commencement du XIXe siècle.

1391 — Pochette à quatre cordes, en forme de luth.

1392 — Deux pochettes à quatre cordes, en forme de violon.

1393 — Pochette à quatre cordes, incrustations de filets d'ivoire; le manche se termine par une tête d'enfant.

1394 — Deux grandes flûtes et deux autres petites en ivoire, et deux castagnettes en ivoire.

1395 — Groupe d'instruments de musique en bronze.

1396 — Modèle de tympan en cuivre et fer. Signé : *Boracchi.*

1397 — Modèle d'instruments, à nombreuses clefs.

1398 — Guimbarde dans un écrin en bois ajouré et un étui à guimbarde en fer.

1399 — Pochette à quatre cordes, incrustations d'ivoire et de nacre.

1400 — Pochette à quatre cordes, forme trapèze.

POUPÉES ET FIGURINES DIVERSES

1401 — Trois figures. Marionnettes, danseuses indiennes, en bois peint, vêtues d'habits richement ornés à paillettes. *Exposition théâtrale.*

1402 — Figure de couturière en bois sculpté peint, costume de velours vert et rose à rayures. XVIIIe siècle.

1403 — Figure de femme avec haute coiffure, habillée de soie bleue, rose et jaune.

1404 — Grande poupée en bois sculpté peint, robe à corselet en soie brochée et galonné, manteau et capeline.

1405 — Deux poupées en bois sculpté peint, vêtues de robe de soie blanche brodée d'or.

1406 — Figure de femme en bois sculpté peint, habillée de soie verte, garnie de dentelle en argent doré.

1407 — Figure de femme en bois sculpté peint, vêtue d'une robe en soie blanche brodée or.

1408 — Sénateur vénitien en bois sculpté, vêtu d'une simare violette.

1409 — Deux figures de femmes en bois sculpté peint, vêtues de soie bleue brodée d'argent avec manches de dentelles.

1410 — Un lot de cent figurines costumées et quelques chevaux en bois sculptés. Travail napolitain.

1411 — Concert composé de onze figures en bois sculpté et peint, vêtues de costumes sarrasins, jouant d'instruments en cuivre.

ÉVENTAILS, LORGNETTES

ET DIVERS

1412 — Éventail à monture d'ivoire, feuille peinte en couleurs sur papier. Époque Louis XV.

1413 — Écran à main de forme contournée, représentant la *Joie publique ou les spectacles gratis*. Écran publié à l'occasion des spectacles donnés pour la naissance du dauphin, en octobre 1781.

1414 — Éventail à monture d'ivoire ajouré, feuille à sujet familial chinois en couleurs.

1415 — Éventail en forme de flabellum, orné de fleurs peintes et bordure sur parchemin en dorure. Manche ivoire.

1416 — Éventails divers.

1417 — Trois très petites lorgnettes, dont deux en forme de petit tonnelet-breloque, la troisième en forme de flacon. Cristal taillé.

1418 — Binocle en cuivre doré et monocle en acier. Commencement du XIXe siècle.

1419 — Six très petites lorgnettes en cuivre doré, dont une en forme de montre, les autres en forme de breloques : cœur, étoile, lyre, vase, etc. XIXe siècle.

1420 — Deux petites lorgnettes de théâtre en cuivre doré, l'une décorée au vernis, l'autre à petits sujets de paysages peints sous verre. Commencement du XIXe siècle.

1421 — Six lorgnettes et une jumelle, à montures d'ivoire, de nacre et de cuivre doré.

1422 — Objets minuscules : lampes, flambeaux, coupe, nombreux petits plats et assiettes, balances.

1423 — Petit modèle de bureau en marqueterie de Paille. XIXe siècle.

1424 — Boîte à jetons en laque.

1425 — Petit modèle de fauteuil en bois sculpté doré. Italien.

1426 — Programmes. Deux cadres renfermant divers programmes de théâtre, imprimés sur soie, dont un représentant *Madame Grassini* (voir le dessin).

COSTUMES

1427 — Costume en velours cramoisi, épinglé à fleurettes, comprenant : culotte, gilet et habit. Époque Louis XV.

1428 — Costume Louis XV comprenant : une culotte, gilet et habit en soie marron brodée à fleurs.

1429 — Costume composé d'une culotte et d'un habit de soie gorge-de-pigeon, à semis. Époque Louis XVI.

1430 — Justaucorps en brocart à fleurs, fond blanc. Un autre en brocart à fleurs sur fond bleu ciel.

1431 — Habit en drap noir brodé de fleurs en soie de couleurs, et un gilet de satin blanc.

1432 — Manteau en drap rouge, avec applications de broderie en métal doré.

1433 — Costume en satin brodé de soie et métal.

1434 — Deux manteaux orientaux, étoffe rouge et noire.

1435 — Deux gilets d'homme en soie brochée et brodée et un lot de petits fragments de soie ancienne.

1436 — Sept bonnets anciens.

1437 — Trois corsets anciens.

1438 — Deux corsages et deux tabliers en soie ancienne.

1439 — Objets omis.

SCULPTURES

En marbres, terre cuite, bois

PORTRAITS ET DIVERS

1440 — Acteur (Statuette d'). En costume de l'époque de *Goldoni*, vêtu d'un grand manteau, coiffé d'un tricorne. Terre cuite polychromée. Haut., 28 cent.

1441 — Alfieri (Victor). Statuette en plâtre. Modèle de la statue érigée à Asti. Haut., 65 cent.

1442 — Arlequin. Statuette en marbre blanc ; XVIIIe siècle. Haut., 83 cent.

1443 — Bellini (Vincent). Statuette en plâtre. Modèle de la statue érigée à Naples. Haut., 65 cent.

1444 — Bellini (Vincent et sa sœur). Bustes de profil à gauche, en cire, par *Democrito Gandolfi*. Haut., 9 cent.

Cadres en bois sculpté à feuillage.

1445 — Comédie italienne (Personnages de la). Suite de six statuettes en terre cuite peinte, représentant les personnages de la Comédie italienne. Sculpture vénitienne du XVIIIe siècle :

Brighella, le masque noir, habillé en blanc bordé de noir, le couteau au côté ; *Arlequin*, *Pantalon*, *Le Docteur*, *Florindo*, *Rosaura*. Haut., 69 à 80 cent.

1446 — Coquelin aîné (Statuette de), dans le rôle de Scapin. Terre cuite peinte. Haut., 32 cent.

1447 — Crispin (Raymond Poisson, dit). Buste en marbre blanc, sur gaine en marbre de couleurs. Faisant pendant avec le n° 1465. Hauteur du buste, 80 cent. Hauteur totale, 2 mètres.

1448 — Docteur et femme (Statuettes de) allaitant un chat emmaillotté. Terres cuites de Bergame. Haut., 21 cent.

1449 — Femme (Figurine de) en costume moderne. Terre cuite. Haut., 22 cent.

1450 — Femme en costume (Statuette de). Terre cuite. Haut., 34 cent.

1451 — Femme en costume Louis XVI (Statuette de). Terre cuite. Haut., 15 cent.

1452 — Ferravilla (Statuette de). Il est représenté en costume de *Camola*. Terre cuite. Haut., 26 cent.

1453 — Ferravilla (Statuette de). Il est représenté en costume de *Trovatore*. Terre cuite. Haut., 26 cent.

1454 — Grotesques (Statuettes de). Elles représentent deux femmes, l'une dansant, l'autre faisant manger un petit chien qu'elle tient dans ses bras. Terres cuites peintes. Haut., 23 cent.

1455 — Homme (Statuette d') assis dans un fauteuil ; devant lui, un brasier allumé. Caricature. Terre cuite. Haut., 23 cent.

1456 — Joueur de flûte et chanteuse. Deux statuettes en bois sculpté, partiellement peint. XVIIIe siècle. Haut., 32 cent.

1457 — Lemaître (Statuette de Frédéric), dans le rôle de Robert Macaire de *l'Auberge des Adrets*. Terre cuite peinte. Haut., 51 cent.

1458 — Malibran (Garcia). Profil à gauche. Modèle en cire, pour la médaille qui devait être exécutée par la ville de Milan. Au-dessous, on lit : *Tavaz. f. dal vero, Milano 1836.*

Cadre noir.

1459 — Malibran (Main gauche de Garcia). Terre cuite.

1460 — Pasta (Judith). Célèbre cantatrice. Elle est représentée dans le rôle de Norma, dans lequel elle excellait. Buste en marbre blanc, par *Comolli.*

1461 — Pasta (Portrait présumé de Judith). De profil à gauche, la tête coiffée d'un voile. Médaillon en marbre blanc sur fond de marbre bardiglio. Haut., 46 cent.

Ce médaillon provient de la porte d'entrée de sa villa à *Blerio, près Côme.*

1462 — Polichinelle et ses fils (Groupe de). Il tient un plat de macaroni que cinq de ses fils cherchent à lui disputer. Terre cuite napolitaine. Haut., 52 cent.

1463 — Rossini (Statuette de). Il est représenté en charge. Terre cuite. Haut., 23 cent.

1464 — Rossini et Meyerbeer. Deux bustes en charge. Plâtres par *Dantan.* Signés.

Provient de la collection de Favart, de Florence.

1465 — Scaramouche (Fiorillo, dit), né en 1608, mort en 1694. Buste en marbre blanc du XVIIe siècle, sur gaine en marbre de couleurs.

Faisant pendant avec le n° 1447. Hauteur du buste, 80 cent. Hauteur totale, 2 mètres.

1466 — Schiller (J. C. Frédéric). Buste en marbre de grandeur naturelle.

1467 — Sontag (Henriette). Petit buste en marbre blanc. Haut., 28 cent.

1468 — Tartini (Statuette de Joseph). Célèbre violoniste. A ses côtés, un médaillon avec le portrait de *Guido Monaco* posé sur un socle ; à terre, un violon. Terre cuite du XVIIIe siècle. Haut., 48 cent.

Modèle de la statue érigée en son honneur à Padoue, œuvre de *Sebastiano Andreosi.*

1469 — Verdi (Giuseppe). Statuette en terre cuite. Haut. 54 cent.

PETITES SCULPTURES

PORTRAITS DIVERS

1470 — Figurine de Polichinelle en ivoire formant flacon, une main tenant un couteau, et coiffé d'un chapeau pointu. xviiie siècle. Haut., 8 cent.

1471 — Joueur de cornemuse. Statuette en ivoire sculpté, coiffé d'un bonnet de feutre. Socle en bois noir mouluré. xviie siècle. Hauteur totale, 20 cent.

Collection Schevitch.

1472 — Pierrot jouant de la guitare. Très petite statuette en ivoire sculpté. xviiie siècle. Haut., 6 cent.

1473 — Pion de dame en ivoire sculpté, représentant un roi tenant un sceptre ; autour on lit : sigismundus. d. iii. Erhielt. d. Sept. 1557. Diam., 5 cent.

1474 — Pion de dame en ivoire sculpté. Buste, profil à droite, d'homme en costume du xvie siècle. Diam., 35 millim.

1475 — Deux pions de dame en ivoire sculpté, avec figures fantastiques. Au revers, les inscriptions : superbia—avaritia. xvie siècle.

1476 — Autre pion de dame en ivoire, avec masque de face.

Collection Schevitch.

1477 — Pion d'échiquier. Éléphant en ivoire sculpté et peint. Travail indien.

1478 — Pion d'échiquier. Très petit éléphant en ivoire sculpté. Travail indien.

1479 — Pion d'échiquier en ivoire sculpté, éléphant et son cornac monté en broche. Travail indien.

1480 — Polichinelle napolitain. Petit buste en ivoire sculpté, sur socle mouluré de même matière. xviie siècle. Haut., 12 cent.

1481 — Pommeau de canne en ivoire sculpté. Groupe d'instruments de musique. xviiie siècle.

1482 — Pommeau de canne en ivoire sculpté. Figure d'homme en costume d'incroyable. xviiie siècle.

1483 — Râpe a tabac en ivoire sculpté, décorée d'un acteur dansant et d'un buste de personnage coiffé d'un chapeau pointu. Époque Régence.

1484 — Râpe a tabac en ivoire sculpté, décorée d'une figure en bas-relief : docteur de la Comédie italienne. xviiie siècle.

1485 — Voltaire. Petit buste en ivoire sculpté. xviiie siècle. Haut., 57 millim.

1486 — Voltaire. Figurine debout du grand poète, dans son costume habituel, s'appuyant sur sa canne. Ivoire sculpté, xviiie siècle. Socle en bois, avec médaillon bouquet de fleurs en ivoire. Hauteur totale, 13 cent. 1/2.

Collection D. Schevitch.

BRONZES

1487 — Arlequin (Figurine d'). En argent partiellement émaillé. Base en bois noir. Haut., 9 cent.

1488 — Faune (Statuette de). Jouant des cymbales. Bronze ancien d'après l'antique. Haut., 32 cent.

1489 — Flora (Satuette de Fabbri). Représentée dansant, faisant une pointe. Bronze. Socle en bois. Haut., 18 cent.

1490 — Folie (Statuette de). Bronze du xvie siècle. Haut., 10 cent.

1491 — Femme dansant (Statuette de). Bronze du xviie siècle. Haut., 32 cent.

1492 — Gœthe (Petit buste de). En fonte sur piédouche. Haut., 14 cent,

1493 — Homme (Figurine d'). Vêtu d'une veste à gros boutons, coiffé d'un chapeau à large bord ; il porte la barbe. Bronze. Haut., 10 cent.

1494 — Malibran (Buste de Garcia). Bronze sur piédouche et socle. Haut. 13 cent. 1/2.

1495 — Pendule avec figure d'Arlequin, portant le mouvement et montrant l'heure. Bronze doré. Époque Empire.

1496 — Presse-papiers divers en bronze. Chandelier et ornements de meuble en bronze.

1497 — RACHEL (Statuette de). Représentée debout dans le rôle de *Mirra*. Bronze. Signé : *F. Bogino*. Haut., 43 cent.

1498 — RACHEL (Buste de). Bronze. Signé et daté : *Dantan, 1839*. Haut., 23 cent.

1499 — SAINTE CÉCILE (Statuette de). Représentée debout, tenant dans ses mains un orgue. Bronze du XVIe siècle, par Giovanni Cataneo de Venise. Haut., 25 cent. Les œuvres de ce sculpteur sont très rares. Comparez l'*Apollon* du Musée de Berlin.

1500 — VERDI (Giuseppe). Buste plus grand que nature, par *Gemito*, sculpteur napolitain. Signé et daté. Il repose sur une colonne en bois peint simulant le porphyre, orné d'une couronne et d'une palme imitant le bronze. Hauteur du buste, 76 cent.

1501 — VERDI (Giuseppe). Statuette en bronze, par *E. Quadrelli*. Portant avec la signature, l'inscription : *Per la collezione Sambon*. Haut. 51 cent.

1502 — Objets omis.

MÉDAILLES

MUSICIENS

1503 — AUBER (Daniel). Sa tête à dr., d'après David d'Angers. Æ. mill. 181.

1504 — BACH (Jean-Sébastien). Jubilé de 1880. Médaille d'argent par O. Bergmann (mill. 42). — BEETHOVEN (Louis van). Médaille commémorative de 1827, par Scharff (Æ. mill. 65). — *Id*. Fêtes à Vienne de 1870 (Æ. mill. 67). — *Id*. Médailles commémoratives par Bescher, Brehmer (Æ. mill. 41, 39 et 60). — *Id*. Médaille en étain pour une fête musicale (Et. mill. 39). 8 p. R., Æ et ST.

1505 — BELLINI (Vincent). Médailles commémoratives par Chisi, Caqué et Speranza (mill. 48, 55, etc.). 4 p. Æ.

1506 — BÉRANGER (Pierre-Jean). Médailles commémoratives par David et Bouchery (Æ. mill. 51). — BOÏELDIEU (François-Adrien). Cinq médailles en bronze gravées à Rouen par Lagrange, Barré, Herluison, etc. 6 p. Æ.

1507 — Brahms (Jean). Médaille du 7 mai 1893, par Scharff. Son buste à dr. R/. DIE GESELLSCHAFT, etc. (mill. 59). Æ.

1508 — Campra (André). Médaille de 1730, par Cure (Æ. mill. 54). — Campenhout (François van). R/. A l'auteur de la Brabançonne, 1830 (Æ. mill. 49). — Chopin (F.-F.). Médaille du jubilé (R. mill. 40). 3 p. R et Æ.

1509 — Cimarosa (Dominique). Médaille commémorative par Bari (Æ. mill. 41). — Cherubini (Louis). Médailles commémoratives par Oudiné et Donadio (Æ. mill. 42 et 52). — Cavallo (Léon). Plaquette (Æ. mill. 59). 3. p. Æ.

1510 — Debuire-du-Buc (A.) et Désaugiers (M.-A.), chansonniers. Médailles par Peuvrier (Æ. mill. 43 et 50). 2 p. Æ.

1511 — Desantis (César). Médaille commémorative de la municipalité d'Albano (Æ. mill. 44). — Donizetti (Gaetan). Médailles commémoratives de Bergame par Thermignon (Æ. mill. 65). — Donizetti et Mayer. Médaille commémorative (Æ. mill. 52), — Franchetti (Barone Alberto). Plaquette. — Fasch (Carl Friedrich). Buste à dr. R/. L'Académie de musique (Æ. mill. 30).

1512 — Gluck (Christophe). Sa tête à g. R. Lyre (Æ. mill. 29) et médaille commémorative par Gayrard (Æ. mill. 41). — Grétry. Sa tête à g. R/. « Liége à Gretry ». Lyre (par Jehotte. Æ. mill. 52). — *Id.* R/. NATVS LEODII, etc., par Simon (Æ. mill. 47). Plusieurs ex. de modules différents (Æ. mill. 30, 31, 41). — Grillparzer (Franz), poète dramatique. Buste de face. R/. Lyre, par Scharff. Vienne, 1880 (Æ. mill. 56). — Haehnel (Ernest-Jules). Son buste à dr. R/. La Musique assise sur une chimère, par Tautenhayn (Æ. mill. 62). 9 p. Æ.

1513 — Hændel (Georges-Frédéric), 1685-1759. Son buste à g. R/. CENTENARY, etc., couronne, par Taylor (Æ. mill. 50). — *Id.* Médaille commémorative par Wolff (Æ. mill. 41). — *Id.* Médaille du Cristal Palace, par Pinches (Æ. mill. 41). — *Id.* Médailles commémoratives en argent et en bronze (Æ. mill. 33 et 29). 6 p. R. et Æ.

1514 — Haydn (Joseph), 1732-1809. Son buste à g. R/. Hommage, etc., lyre (Æ. mill. 55). — *Id.* R/. NÉ EN 1732, etc., par Gatteaux (Æ. mill. 41). — *Id.* R/. ORCHESTRE CLVB HAYDN. Médaille par Schiverdther (Æ. mill. 44). — *Id.* R/. ZUR HEIMAT, etc. Médaille en argent par Voigt. 4 p. R. et Æ

1515 — Hellmesberger (Joseph). Son buste à droite. ℞. Instruments de musique. Médaille par Jauner (Æ. mill. 55). — *Id.* ℞. La Comédie. Médaille en argent, par A. Scharff. — Isouard (Nicolas). Sa tête à dr. ℞. Lulli-Leonce, etc., lyre et guirlande, par Veyrat. 3 p. Æ. et Æ.

1516 — Keller (Gottfried). Buste à g. ℞. Orphée jouant de la lyre, entouré de fauves. Médaille par Scharff. — Lassus (Roland de). Sa statue. ℞. né a mons, etc. (Æ. mill. 60). *Id.* Buste. ℞. prince de, etc. (Æ. mill. 45). — Lesueur (Jean-François). Sa tête à g. ℞. ses accords, etc. Lyre. Médaille par Peuvrier (Æ. mill. 41). — Laguerre (Élisabeth-Claude-Jaquet de). Son buste à dr. ℞. avx grands mvsiciens. L'artiste assise au piano. Par Curé (Æ. mill. 53). — Lindschœld (Henri). Son buste à g. ℞. pactis, etc. — Lessing, poète dramatique. Par Bergmann (Æ. mill. 42). 7 p. Æ.

1517 — Liszt (Franz). Plaquette à portrait par Bovy (Ét. mill. 109). — *Id.* ℞. a franz liszt, etc., entre deux palmes. Par Geerts (Æ. mill. 65). — *Id.* ℞. Femme debout jouant de la lyre (Æ. mill. 60). — *Id.* Médailles commémoratives en argent et en bronze. 5 p. Æ. et Æ.

1518 — Lully (Jean-Baptiste). Son buste de face. ℞. *Il charme*, etc. Orphée (Æ. mill. 58). — Mayer (Jean-Simon). Buste à g. ℞. al suo istitutore, etc., dans une couronne. Par L. Cossa (Æ. mill. 52). — *Id.* Médaille commémorative des fêtes en l'honneur de Mayer et Donizetti. Par A. Poudini (Æ. mill. 52). — Méhul (Étienne). Sa tête à g. ℞. a mehul, etc. Lyre. Par Veyrat (Æ. mill. 41). 4 p. Æ.

1519 — Mendelssohn (Félix). Sa tête à g. ℞. zum 40 jahr, etc. Lyre (Pl. mill. 39). — Mascagni (Pierre). Sa tête de face. ℞. verdi, la tête de face. Médaille par Koundzky (Æ. mill. 84). 2 p. Pl. et Æ.

1520 Mozart (Wolfgang). Son buste à dr. ℞. zur enthüllung, etc. Amours musiciens. Par Scharff (Æ. mill. 56). — *Id.* ℞. Ange jouant de la harpe, entouré de chérubins. Par Badnitzky (Æ. mill. 48). — *Id.* ℞. natus salisburgi, etc. (Æ. mill. 40). — *Id.* ℞. herrscher, etc. La Mélodie. Par Guillermard (Æ. mill. 38). — *Id.* ℞. zur heimat, etc. Par Voigt (Æ. mill. 29). 5 p. Æ et Æ.

1521 — Paer (Fernand). Sa tête à g. ℞. Lyre et les titres de ses œuvres : achille, griselda, etc. Par Donadio (Æ. mill. 41). — Palestrina

(Giovanni Pier Luigi). Buste de face. ℞. MAGNIFICAT, etc. Médaille par Krüger (Æ. mill. 40). — *Id.* Buste à g. ℞. MUSICA HOMINUM ANIMIS, etc. Par Cerbara (Æ. mill. 40). — *Id.* ℞. SOCIETAS ROMANA (Æ. mill. 40). 4 p. Æ.

1522 — PAWLOWSKI (Alexandre). Son buste à dr. ℞. Façade de l'Académie de musique (Æ. mill. 40). — PERGOLESE (Jean-Baptiste). Son buste à dr. ℞. MIRIFICIS, etc. Lyre. Par Mercandetti (Æ. mill. 67). — PICCINI (Nicolas). Son buste à g. ℞. NATUS, etc. Par Caqué (Æ. mill. 41). — PICARD (Louis-Benoît). (Æ. mill. 41). — PIRON (Alexis). (Æ. mill. 41). 5 p. Æ.

1523 — PONCHIELLI (A.). Buste de face. ℞. Lyre et livre de musique. Par Brair (Æ. coulée, mill. 70). — RAMEAU (Jean-Philippe), compositeur. Sa statue. ℞. MONTROUGE. JURY dans une guirlande (Ꝛ. mill. 55). — *Id.* Sa statue. ℞. GRAND CONCOURS — ORLÉANS (Æ. mill. 51). *Id.* Son buste. ℞. NATUS, etc. (Æ. mill. 40). 4 p. Ꝛ. et Æ.

1524 — ROSSINI (Joachim). Son buste à g. ℞. PER LO STABAT MATER IN PARMA, 1842 (Æ. 66 mill.). — *Id.* ℞. LO STABAT MATER IN PESARO (Pl. 66 mill.). — *Id.* ℞. LO STABAT MATER IN FAENZA (Pl. 66 mill.). — *Id.* Médaille de Fabris en souvenir du *Stabat Mater* (Æ. 51 mill.). 4 p. Æ.

1525 — ROSSINI (Joachim). Son portrait à g. ℞. NÉ LE 29 FÉVRIER 1792. Par Bovy (Æ. 1866, mill. 65). — *Id.* Trois médailles commémoratives. 4 p. Æ.

1526 — ROSSI. ℞. *Comune di Macerata.* Armoiries de la ville. Par Bizzana (Æ. mill. 50). — Médailles de ROSEGGER et SACCHINI. — SAXE-COBOURG (Ernest II, duc régent). Son buste. ℞. Armoiries et 8 écriteaux avec les titres de ses compositions. Par Bart (Æ. mill. 72). 4 p. Æ.

1527 — SCHUBERT (Franz). Son portrait à dr. ℞. ZUR ENTHÜLLUNG, etc. Son monument à Vienne. Par Tautenhay (Æ. mill. 64).

1528 — STOCHAUSEN (Jules). Son buste. ℞. Sphinx. Par Kowarzik (Ꝛ. mill. 70). — STRAUSS (Jean). Son buste. ℞. Salle de musique. Par Scharff (Æ. mill. 59). — *Id.* ℞. JOHAN STRAUSS, etc., dans une couronne. Par Jauner (Æ. mill. 56). 3 p. Ꝛ et Æ.

1529 — SERASSIO (Charles). Buste. ℞. Orgue. Par Grottolini (Pl. mill. 80). — THOMAS (Ambroise). La Renommée. ℞. MIGNON. Buste de jeune fille. Par Rivet (Ꝛ. mill. 26). 2 p. Ꝛ et Pl.

1530 — VERDI (Giuseppe). Médailles avec noms des œuvres. Son buste. ℞. AIDA, etc. Dans une couronne : IL MVNICIPIO PARMENSE. Par Bentelli (AR. mill. 50). — *Id.* AR. FALSTAF (Æ. mill. 25). — *Id.* ℞. Scène de l'Otello. Par Bravi (Æ. mill. 67). 3 p. AR et Æ.

1531 — VERDI (Giuseppe). Médailles commémoratives de 1850 et du Jubilé à Gênes et de 1905, par Frener, Cappuccio, Speranza et Michelassi. 5 p. Æ.

1532 — WAGNER (Richard). Buste. ℞. ALLGEMEINE, etc. Instruments de musique (AR. mill. 51). — *Id.* ℞. GEB. 22. MAI. — *Id.* ℞. ERRINNERVNG, etc. — *Id.* ℞. HANS SACHS, etc. 4 p. AR. et Æ.

1533 — WAGNER. Plaquette avec portrait (AR. haut. mill. 60). — Médaille : Buste. ℞. ERLÖSVNG DEM ERLÖSER. Allégorie du Parsifal (AR. mill. 37). — *Id.* ℞. WALKÜREN. Allégorie (Æ. mill. 71). — *Id.* ℞. Allégorie des Niebelungen. Par Ch. Venier (Æ. mill. 71). — *Id.* ℞. Le théâtre à Bayreuth (Æ. mill. 50 et 41). — *Id.* ℞. GEB, etc. (Æ. mill. 27). 8 p. AR et Æ.

1534 — Médailles de WEBER, ZELTER et ZIEGLER. 3 p. Æ.

VIOLONISTES

1535 — KREUTZER. Son portrait à g. ℞. Violon et feuilles de musique. Par Penorier (A. mill. 41). — PAGANINI. Portrait. ℞. PARISIENSES, etc. Aigle enlevant un violon. Par Bovy (AR. mill. 54). — *Id.* La même en bronze. — *Id.* Buste. ℞. PERITVRIS, etc. Violon et livre de musique. Par L. Lang, à Vienne (Æ. mill. 45). — Médaille commémorative de la ville de Gênes, par Ferraris (Æ. mill. 50). 5 p. AR. et Æ.

1536 — PRUME (François). Portrait. ℞. LES AMIS, etc. Par Jénotte (AR. mill. 50). — SCHEFFEL (Victor). Buste à g., par Lauer (AR. Haut. mill. 60). — SERVAIS (François). ℞. Statue de Servais avec son violoncelle (AR. mill. 64). 3 p. AR. et Æ.

1537 — SIVORI (Camille). Médaille commémorative de la ville de Gênes (Æ. mill. 40). — VIOTTI. Portrait. ℞. NEC PLVS VLTRA. Soleil dont les rayons renferment les noms de ses œuvres (Æ. mill. 41). 2 p. Æ.

ARTISTES DU CHANT — ARTISTES DRAMATIQUES

1538 — ANSANUS (Jean). Buste. ℞. VIRTVTI LIBVRNI CIVITAS 1792 (2 p. Æ. mill. 65). — *Id.* Sa tête à g. ℞. DECVS QVAESITVM MERITIS — MVTINENSIVM PLAVSVS, 1792 (Pl. mill. 65). — BARBIERI (Em.). Médaille commémorative de la ville de Lisbonne (R. mill. 40). — BÉCHARD (Frédéric). ℞. Thalie et Melpomène. Par Dubois (R. mill. 42). 4 p. R. et Æ.

1539 — BOCCABADATI (Louise). Buste. ℞. BRESCIA, 1835. Par Zapparelli (Æ. mill. 45). — BORDONI (Faustine). Buste. ℞. VNA AVIS IN TERRIS. Par Brocchetti (Æ. mill. 84). — *Id.* ℞. QVIS.TAM.FERREVS VT TENEAT SE. Vaisseau et Sirène. Par Brocchetti (Æ. mill. 87). 3 p. Æ.

1540 — BETTY (Guillaume). Buste. ℞. BRITISH TRAGEDIAN, etc. Par Westwood (Æ. mill. 45). — *Id.* ℞. NOT YET, etc. (Æ. mill. 41). — BRUHL (Charles). Portrait. ℞. AM 18 MAI 1829. La Musique, la Danse et la Comédie debout (Æ. mill. 49). — BOUFFÉ (H.-D.-Marie). Portrait. ℞. BRENET A SON AMI, etc. Par Brenet (Æ. mill. 41). — BROKMANN. Buste. ℞. FERAGIT, etc. (R. mill. 32). 5 p. R. et Æ.

1541 — CAMPANINI. Médaille de la ville de Parme (Æ. mill. 50). — CLAIRON. Buste. ℞. L'AMITIÉ, etc. Par Lumberger (Æ. mill. 45). — CONGRÈVE (Guillaume). Buste. ℞. NATUS, etc. Par Caqué (Æ. mill. 41). — COOKE (Georges). Portrait. ℞. VELUTI, etc. dans une couronne. Par Webb (Æ. mill. 53). 4 p. Æ.

1542 — DAVIA (Anne). Buste. ℞. MERITO SACRARUNT LIBURNEN AN. 1792. Instruments de musique. Par Cino (Æ. mill. 37). — DE GIULI BORSI. *A Teresa per virtù di canto esimia.* ℞. Sainte Cécile (Æ. argenté mill. 73). — DORVAL (Marie). Portrait. ℞. DRAME MODERNE. Par Borrel (Æ. mill. 41). — DUCHESNOIS (A.). Buste. ℞. SOCIÉTÉ, etc. Par Barre (Æ. mill. 37). 4 p. Æ.

1543 — DUROW (Antoli). Buste. ℞. ERSTER RUSSISCHER SOLO CLOWN. Armoiries (R. mill. 23). — FAVART (C.-Simon). Buste. ℞. *Né à Paris*, etc. Par Vivier (Æ. mill. 41). — FODOR (Joséphine). Buste. ℞. *Natura ad arte*, etc. Par Boem (Æ. mill. 42). — *Id.* Portrait. ℞. *Te nuova Euterpe*, etc. Par Ferrari (Æ. mill. 43). 4 p. R. et Æ.

1544 — FERON (Élisabeth). Buste. ℞. G.G.D.S.F MDCCCXXVI. Lyre (Æ. mill. 55). — FREZZOLINI (Erminia). Médaille de la ville de Brescia (Æ. mill. 34). — ISAURA (Clémence). *Lud. floral. restauratrix*,

Buste. ℟. *His idem semper honos 1754.* Gerbe de fleurs (Æ. mill. 36). — *Id.* (Æ. mill. 37). 4 p. Æ. et Æ.

1545 — Iffland. Portrait. *Qui fabulas scenicas*, etc. Par Loos (Æ. mill. 44). — Garrick (David). Buste à dr. ℟. *He united all your powers.* La Poésie, la Comédie et la Tragédie. Par Pingo, 1772 (Æ. mill. 41). — *Id.* Buste à g. ℟. *The english actor.* Emblèmes de théâtre. Par Kirk (Æ. mill. 41). — *Id.* ℟. D. GARRICK ESQUIRE, 1773 (Æ. mill. 25). 5 p. Æ. et Æ.

1546 — Girardi (A.). Plaquette : Buste de face (Æ. mill. 88). — Giraud (Jean). Tête à g. ℟. *Thalia Romana.* La Comédie assise. Par Girometti (Æ. mill. 45). — Grassini (Giuseppa). ℟. *Possente Cantando*, etc. Lyre (Æ. mill. 43). — Hugo (Edw.). Buste. ℟. Façade de théâtre. Par Scewerdt (Æ. mill. 50). 4 p. Æ et Æ.

1547 — Kaupert. Tête à g. ℟. *A. B. Kaupert, Genève reconnaissante, 1833.* Par Lander (Æ. mill. 41). — Kemble (Jean-Philippe). Portrait. ℟. *Thouzlast*, etc. Par Warwick (Æ. mill. 41). — *Id.* Mêmes types en bronze. 4 p. Æ. et Æ.

1548 — Lablache (Louis). Portrait. ℟. *Actione Roscio*, etc. Par Boehm (Æ. mill. 42). — Lalande (Henriette). ℟. Couronne (Æ. mill. 42). — *Id.* Portrait. ℟. *Festeggiata*, etc. Par Putinani (Æ. mill. 43). — *Id.* ℟. *Gli ammiratori*, etc. (Æ. mill. 43). 4 p. Æ. et Æ.

1549 — Laurent (Marie). Buste à g. ℟. Masque scénique. Par Roty (Æ. mill. 41). — Lessing (Gotthold-Ephraïm), poète dramatique. Buste à dr. ℟. *Veritas*, etc. Monument (pl. mill. 41). — Lewinsky (Joseph). Buste à dr. ℟. 4 MAY MDCCCXXXVIIII. L'acteur dans le rôle de Franz Moor. Par Marshall (Æ. mill. 58). — *Id.* Buste à g. ℟. ZVR ERINNERVNG, etc. Par Schvendthen (Æ. mill. 61). 4 p. Æ.

1550 — Lidner (Benoit). Buste à dr. ℟. *Postera*, etc. Monument (Æ. mill. 31). — Lind (Jenny). Portrait à g. ℟. *Nescit occasum*, etc. Cygne. Par C. Radnitzky (Æ. mill. 43. — *Id.* Buste de face. ℟. Lyre (trois ex. Æ. mill. 39, 27 et 22). — *Id.* Buste à g. ℟. Son monument à Stockholm. Par Quarnstöm (Æ. mill. 78). 6 p. Æ.

1551 — Malanotte (Adélaïde). Tête à dr. ℟. *Al cantar*, etc. Par Putinati (Æ. mill. 34). — Malibran. Portrait à dr. ℟. *Per universal consenso*, etc. Par Mesti (Æ. mill. 44). — *Id. A. M. Malibran*, etc. ℟. Couronne (Æ. mill. 44). 4 p. Æ.

1552 — Marchesi (Louis). Buste à g. ℟. *Benemerenti.* Lyre et couronne. Par Guillemard (Æ. mill. 43). — *Id.* Mêmes types (2 p. Æ. mill.

31). — MARCHIONNIA (Charlotte). Portrait à dr. ℞. Couronne (Æ. mill. 42). — *Id.* ℞. *Dell'Italia*, etc. (Æ. mill. 34). 3 p. Æ.

1553 — MARI (Louis). *Delizia delle scene.* Buste casqué à dr. ℞. G.G.D.S.F. Lyre et couronne (Pl. mill. 55). — MARIANI (Rosa). *Alunna delle Grazie.* Sa tête casquée à dr. ℞. G.G.D.S.F. Lyre et couronne (Pl. mill. 55). — MARS (Hippolyte). Buste. ℞. *Hommage au talent.* Par Borel (Æ. mill. 50). *Id.* Plaquette au buste d'après David d'Angers, 1835 (Æ. mill. 170). 4 p. Æ.

1554 — MASINI (Angelo). *Al sommo artista il municipio.* ℞. Lisse (Æ. mill. 50). De cette médaille il existe seulement trois exemplaires.

1555 — MEYER (Clara). Buste à g. ℞. *Berlin*, etc. Couronne (Ꝛ. mill. 21 et Æ. mill. 46). — MONTENEGRO (Antoinette). Buste à dr. ℞. *Nuova alle liriche scene*, etc. Par Nesti (Æ. mill. 60). — MUNDEN (Joseph). Buste à dr. ℞. *English Comedian*, etc. Par Hancock (Æ. mill. 53). — MUSTAFA (D). Buste de face. ℞. *Dominico Mustafa magistro cantorum*, etc. (Æ. mill. 44). 4 p. Æ.

1556 — NICCOLINI (Jean-Baptiste). Portrait à g. ℞. *Un nome dol*, etc. Scène de Marc Foscarini. Par Girometti (Æ. mill. 56). — NIESSE (H.). Plaquette. Figure de face. Par Komitzky (Æ. mill. 88). — NOURRIT. Tête à g. ℞ *A la mémoire de Nourrit, ses amis* (Æ. mill. 61). — PASTA (Giuditta). Portrait à g. ℞. *Titolata*, etc. Par Nesti (Ꝛ. mill. 44). — *Id.* Mêmes types en bronze (Æ. mill. 44). — PALLERINI (Antoinette). Buste à g. ℞. *Più che la voce attrui puote il suo gesto* (Æ. mill. 114 et deux autres plus petites). 8 p. Æ.

1557 — PASTA. ℞. *Alterna*, etc. La Musique et la Tragédie couronnant le buste de la Pasta. Par Putinati (Æ. mill. 46). *Id. A Giuditta Pasta nel magistero*, etc. ℞. Couronne (Æ. mill. 41). — *Id.* Buste à g. ℞. *Ove i primi canti*, etc. (Æ. mill. 35). — *Id.* ℞. *Sublime nel canto* (Æ. doré mill. 35). — *Id. A Giuditta Pasta*, etc. ℞. GOLDONI ALFIERI. Bustes à g. Par Manfredini (Æ. mill. 46). 4 p. Æ.

1558 — PASTA. Buste à g. ℞. Lisse (Æ. doré. mill. 55). — *Id.* Médaillon au buste, signé : DAVID 1828 (Æ. mill. 119). 2 p. Æ.

1559 — RAIMOND (Fernand). Buste à g. ℞. IN WIEN, 1826. Emblèmes de la Comédie. Par J. Lang (Pl. mill. 44). — RETTICH (Julie). Portrait. ℞. Lion blessé, tenant une couronne (Æ. mill. 43). — RISTORI (Adélaïde). Portrait à dr. ℞. IN MEMORIAM, etc. Rameau d'olivier. Par Formilli (Ꝛ. mill. 40). — *Id.* ℞. *El enthusiasmo al Genio. Mexico, 1875.* Par Dias (Æ. mill. 50). 4 p. Ꝛ. et Æ.

1560 — Robyns (Maria). Inscription. ℟. Tête de l'actrice à dr. Par Wiener (Æ. mill. 50). — Rubini (Adélaïde et Jean-Baptiste). Leurs bustes accolés à dr. ℟. *Unione filarmonica*, etc. Par Putinati (R. mill. 47). — *Id.* Mêmes types en bronze. — Rubini. *Izsoci del Casino di Bologna*. ℟. Guirlande (Æ. mill. 43). 4 p. Æ.

1561 — Schroeder (Sophie). Buste à g. ℟. geboren den 1 maerz 1781. Emblèmes de théâtre. Par Schön, 1838 (R. mill. 46). — Schroeder (Frédéric). Buste de face. ℟. zvr erinnervng, etc., 1899. Par Lange (R. mill. 51). — *Id.* Avec Anna-Christine. Bustes accolés. ℟. Deux figures près d'un édifice. Par Loos (R. mill. 40). — Schroeder et Krüger. Bustes accolés. ℟. zvr silbernen, etc., 1881. Par Wiegand (R. mill. 46). 4 p. R.

1562 — Sericci (Thomas). Portrait. ℟. *A Sericci, ses amis*. Par Gayrard (R. mill. 41). — *Id.* ℟. Lyre (Æ. mill. 41). — *Id.* ℟. Le Tibre (Æ. mill. 41). — Sonnenthal (Adolph). Buste. ℟. Le Burgtheater. Par Schwerdtner (Æ. mill. 60). 4 p. R. et Æ.

1563 — Talma (François). Portrait à dr. ℟. *Théâtre français*, etc. Par Caunois (Æ. mill. 41). — *Id.* role de néron. Buste à g. ℟. Lisse. Par Ribourt (Æ. mill. 40). — Tamburini (Ant.). Portrait. ℟. Qvem, etc. Par Fabris (Æ. mill. 45). — Unger (Caroline). Buste. ℟. mvsicis, etc., 1837 (R. et Æ. mill. 41). 5 p. R. et Æ.

1564 — Favart (Marie). Une médaille en argent et cinq en bronze, offertes par la Comédie française, la Société du Prince Impérial, etc. 6 p. R. et Æ.

1565 — Wolter (Charlotte). Buste. ℟. Lyre et rameau. Par Schwerdtner (Æ. mill. 60).

DANSE

1566 — Elssler (Fanny). Portrait à dr. ℟. terpsichorens, etc. L'Elssler dansant. Par Gaul (Æ. mill. 46). — Taglioni. Portrait. ℟. *A Maria Taglioni, Milano 1843* (R. et Æ. mill. 45). — Vigano (Salv.). *A Salvator Vigano*, etc. ℟. Prométhée (Æ. mill. 75) et trois autres médailles de mode diff. — Zerbi (Louis). Buste. ℟. demvlcet, etc. (pl. mill. 50).

AUTEURS DRAMATIQUES ET POÈTES

1567 — Alfieri. Buste. ℟. tragicorvm etc. Monument de Santa Croce, à Florence. Par Mercandetti (Æ. mill. 67). — *Id.* ℟. italicae et

Melpomène. Par Lavy (Æ. mill. 49). — Médailles par Girometti, Donadio et Galeazzi (Æ. mill. 42). 5 p. Æ.

1568 — ALFIERI et GOLDONI. Bustes accolés. ℞. ACCADEMIA, etc. Couronne. Par L. Manfredini (mill. 46). Æ.

1569 ARIOSTO. Buste. ℞. PRO BONO MALVM. Ruche d'abeilles (Æ. mill. 37). — *Id.* ℞. Main coupant la langue à un serpent (Æ. mill. 51. — BOCCACE (Jean). Buste. ℞. Femme tenant un serpent, XVIe siècle (Plomb, mill. 57). — *Id.* ℞. OB ENASCENTES, etc. 4 p. Æ. et Pl.

1570 — BEAUMARCHAIS (Caron de). Médaille par Mineor (Æ. mill. 41). — BÉRANGER (Pierre-Jean). Buste. ℞. Ses œuvres formant des rayons autour d'une lyre. Par David et Bouchery (Pl. mill. 51). — BYRON. Sa tête à g. ℞. Trois plantes au milieu de nuages (Æ. mill. 63. — *Id.* ℞. AGITANTE, etc. Génie jouant de la lyre. Par Galeazzi (Æ mill. 55). 3 p. Æ.

1571 — CAMPENHOUT (François van). Tête à droite. ℞. *A l'auteur de la Brabançonne,* couronne, 1830 (Æ. mill. 49). — DELATRE (Roland). Buste à g. ℞. Écriteau (Æ. mill. 58). — DELAVIGNE (Casimir). Tête à dr. ℞. NÉ AV HAVRE 1793, etc. Guirlande. Par Tarochon (Æ. mill. 51). — DUCIS (Jean-François). Buste à g. ℞. HAMLET — ŒDIPE, etc., dans une couronne. Par Michaud (Æ. mill. 69). 3 p. Æ.

1572 — CORNEILLE. Tête à dr. ℞. ARS NON ARTES. Par Seldan (Æ. mill. 68). — *Id. Statue de bronze érigée,* etc. Par Depaulis (Æ. mill. 61). — *Id.* Par Gatteaux (Æ. mill. 41). — *Id.* par Dassier (Æ. mill. 28). 4 p. Æ.

1573 — DUVAL (Alex.-Vinc.). Buste à g. ℞. *Les héritiers,* etc. Méd. par Barr (Æ. mill. 41). — GENCHINI (Julien). Buste à g. ℞. PHEBI NVMINA SENTIT — PERVSIAE. MDCCXXIII. Lyre, masque et couronne (Pl. mill. 95). 2 p. Æ. et Pl.

1574 — GŒTHE. Buste à dr. ℞. Allégorie du Faust. Par Scharff (AR. mill. 69). — *Id.* Buste à dr. ℞. GOETHEHAUS ZU FRANCFVRT. Méd. par Lauer (AR. mill. 51). — *Id.* Tête laurée. ℞. AD ASTRA, etc. Le poète enlevé par un cygne. Par König (AR. mill 42). 3 p. AR.

1575 — GŒTHE. Tête à dr. AR. Armoiries (AR. mill. 42). Buste à dr. ℞. GEBOREN, etc. Couronne (AR. mill. 28). 4 p. AR.

1576 — GŒTHE. Médaille de la ville de Francfort pour le 150e anniversaire de la naissance de Gœthe (AR. mill. 66).

1577 — Gœthe. Tête à dr. R'. Hermès à deux têtes. Par Bovy. — *Id*. R'. Melpomène et Euterpe couronnant Gœthe. — *Id*. R'. Aigle. 3 p. Æ.

1578 — Gœthe. Gœthe et les bustes des souverains de Saxe (2 en Æ et 1 en étain, mill. 43). — Plaquette : tête de Gœthe à g. (Æ. mill. 99). 4 p. Æ. et Ét.

1579 — Goldmark (Carl). Buste à dr. *Zu seinen*, etc. Rameaux de chêne et de laurier. Par Scharff (Æ. mill. 56). — Goldoni. Buste à dr. R'. IN MEMORIAM, etc. (Æ. mill. 55). 2 p. Æ.

1580 — Herm (Salomon). Son portrait à dr. R'. SVRSVM. Euterpe. Par A. Scharff (Æ. mill. 60). — Louis, baron de Holberg. Buste à g. R'. PROFVIT VTROQUE 1757. Minerve. Par Arbien (R'. mill. 49). — Korn (Max). Tête à dr. R'. RETRAT, etc. Emblèmes de théâtre. Par Schön (Æ. mill. 45). — Kosciusko (Thadée). Buste à dr. R'. NATVS, etc. Par Caenoe (Æ. mill. 40). 4 p. Æ. et Æ.

1581 — Laube (Henri). Portrait à dr. R'. ZVR ERINNERVNG, etc. (Æ. mill. 49). Lemercier (Népomucène-Louis). R'. AGAMEMNON etc. Par Borel (Æ. mill. 41).

1582 — Maffei (Scipion). Son buste à g. R'. VERONAE DECVS (Æ. coulé, mill. 115). — *Id*. R'. ACADEMIA PHILARMONICA (Æ. mill. 54). 4 p. Æ.

1583 — Martini (Jean-Baptiste). Son buste à g. R'. FAMA, etc. La Renommée volant au-dessus de la ville de Florence. Par Tadolini (Æ. mill. 52). — Metastasio (Pierre). Son buste à dr. R'. SOPHOCLI, etc. Lyre. Par Wert, 1782 (Æ. mill. 47). — *Id*. R'. FLORENTIAE AN. MDCCLIIII. Lyre et masque. Par Kol (Æ. mill. 83). — *Id*. R'. DOCUIT, etc. Allégorie de la Poésie lyrique. Par Mercandetti (Æ. mill. 67). — *Id*. R'. *L'anno*, etc. Par Moschetti (Æ. mill. 40). 7 p. Æ.

1584 — Molière. Son portrait à g. R'. NÉ A PARIS, etc., dans une couronne. Par Domard (Æ. mill. 51. — R'. GRAND JUBILÉ, etc. (Æ. mill. 50). 4 p. Æ.

1585 — Molière. R'. *Poète et comédien*, etc. (Æ. mill. 28). — *Id*. R'. *Ville de Pezenas* (Æ. mill. 41). — *Id*. Son buste à dr. Médaillon d'après David d'Angers (Æ. mill. 232). 4 p. Æ.

1586 — Nestroy (Jean). Buste de face. R'. GEB ZU WIEN, etc., dans une guirlande (Æ. mill. 45). — Oehlenschlæger (Adam). Sa tête à g. R'. Bélisaire et sa fille (Æ. mill. 53). — Pacini (Giovanni). Sa tête à g. R'. A GIOVANNI PACINI, etc., dans une guirlande. Par G. Albergo

(Ʀ. mill. 56). — *Id.* ℞. UNO DEI GRANDI, etc. Par L. Giorgi (Ʀ. mill. 50). 4 p. Ʀ. et Æ.

1587 — RACINE (Jean). Son buste à dr. ℞. NÉ A LA FERTÉ-MILON, etc. Par Cauchois (Æ. mill. 50). — *Id.* Trois pièces variées. 4 p. Æ.

1588 — RAMEAU (Jean-Philippe). Statue. ℞. MONTROUGE JURY (Ʀ. mill. 55). *Id.* ℞. GRAND CONCOURS — ORLÉANS (Æ. mill. 51). — *Id.* Buste à dr. ℞. NATUS, etc. (Æ, mill. 40). — ROUSSEAU. Statue. ℞. EN MDCCCXXXIV LES GENEVOIS. Par Bovy (Æ. mill. 68). — *Id.* Buste à dr. ℞. TOUT BRILLE EN CES HEUREUSES MAINS. Par Curé (Ʀ. mill. 52). —*Id.* Buste de face. ℞. INGENIO, etc. Par Waechter (Æ. mill. 56). — *Id.* Deux pièces variées. 9 p. Ʀ. et Æ.

1589 — SACHS (Hans). Buste de face. ℞. *George Lindner*, etc. Munich (Ʀ. mill. 40). — SAPHO. Sapho assise. ℞. Inscription (Pl. mill. 55). — SCHILLER. Buste. ℞. La Poésie debout, désignant le musée Schiller (Ʀ. mill. 49). — *Id.* ℞. ZVR HVNDERTJAHRIGEN, etc. Lyre. Par Schald (Ʀ. mill. 38). — *Id.* ℞. La maison du poète. Par Schald (Ʀ. mill. 39). — *Id.* Fêtes du 10 novembre 1884. Par Schald (Ʀ. mill. 38). — *Id.* Statue. ℞. MEIN VNERMESSLICH, etc. La Musique debout (Æ. mill. 55). 7 p. Ʀ. et Æ.

1590 — SCHILLER. Six pièces variées (Æ. mill. 41). — SCRIBE (Eugène). Son portrait. ℞. Lyre et masque (Æ. mill. 41). 7 p. Æ.

1591 — SHAKESPEARE. *This medal representing Shakespeare*, etc. ℞. *He was a man*, etc. Monument de Shakespeare (Ʀ. mill. 48). — *Id.* Buste dans un monument. ℞. TERCENTENARY CELEBRATION 1864. Par Pinches (Æ. mill. 51). — *Id.* Sa tête à g. et ses œuvres écrites autour. ℞. TERCENTENARY, etc. Par L. C. Wyon (Æ. mill. 63). — *Id.* ℞. La maison de Shakespeare (Æ. mill. 40). — *Id.* Sa tête à g. ℞. NATVS, etc. (Æ. mill. 41). 5 p. Ʀ. et Æ.

1592 — THEAULON (M.-Emmanuel). Buste. ℞. *L'Indiscret — La Clochette — Le Chaperon rouge*, etc. Par Borel (Æ. mill. 43). — VOLTAIRE. Sa tête à g. ℞. NÉ LE 20 FÉV., etc. (Æ. mill. 51). — *Id.* ℞. NÉ A CHATENAY, etc. (Æ. mill. 41). — *Id.* ℞. AV GÉNIE, etc. (Æ. mill. 37). — *Id.* ℞. MONVMENTVM, etc. Emblèmes. — *Id.* Plaquette ovale avec son portrait. 4 p. Æ.

THÉATRES, CONSERVATOIRES DE MUSIQUE, ETC.

1593 — Inauguration du Grand Opéra, à Paris (Æ. mill. 75). — Teatro Nuovo, à Padoue (R. mill. 57). — Teatro Nuovo, à Fermo, en 1780 (R. mill. 46). — L'Éden, à Milan (R. mill. 35). — Théatre de Vienne, incendie (R. mill. 60). — Volkstheater, à Vienne (R. mill. 45). — Théatre de Munich (R. mill. 43). — Chéri-Maurice, directeur du théâtre de Hambourg (R. mill. 32). — Théatre à Vienne. R. et Æ.

1594 — Théatres d'Anvers, de Suède, de Bruxelles, de Birmingham, music-hall (mill. 65, 74, 70, 68). 4 p. Æ.

1595 — Teatro S. Carlo, à Naples. — Teatro Nuovo, à Cuneo. — Teatro de la Concordia, à Pordenone. — Teatro del Lirico, à Milan (Æ. et Pl.).

1596 — Neuf médailles commémoratives : *Ringtheater*, à Vienne. — *Passionsspiel*, à Oberammergau. — *Grand Théâtre*, à Paris. — *Richard Wagner Theater*. — *Teatrul National*, à Jassy. — *Théâtre*, à Berlin (incendié). — *Conservatoire*, à Genève. — *Prix de Comédie et Tragédie*, à Parme. — *Barre*, fondateur du Vaudeville.

1597 — Dix médailles pour prix de comédie ou de musique, etc. : *Ministère de l'Instruction publique et des Beaux-Arts à Paris*, *Bry-sur-Marne*, *Toulon*, *Milan*, *Exposition musicale de Milan*, *Amsterdam*, *Rome*, *Pérouse*, *Parme*, etc. (R. mill. 67, 50, 38, 25).

1598 — Huit médailles de musiciens russes, allemands, français, et prix de sports, etc. (R. mill. 45 à 35).

1599 — Alexandre VII. Buste du pontife à g. R̸. Soldat chrétien dans l'amphithéâtre (Æ. mill. 98).

1600 — Cristofori (Bartolomeo). *Inventore del Piano-forte*. Médaille commémorative (Æ. mill. 56).

1601 — Conservatoire de Sainte-Cécile, à Rome. — Consevatoire de musique, à Liège. — Académies de musique, à Paris, en Allemagne, etc. (Æ. mill. 82, 62 et une 41). 5 p. Très belles méd.

1602 — Onze médailles de Conservatoires et prix d'Académies (Æ. mill. 50 et 40).

1603 — Quatorze médailles de Conservatoires et prix de musique (Æ. dimensions diverses).

1604 — Collection de 68 médailles ayant trait à des fêtes publiques et au Carnaval, dont 5 en argent, 35 en bronze et 28 en plomb.

1605 — Treize médailles d'aérostates. 2 en argent, 10 en bronze et une en plomb. *Garnerin*, *Andreani*, *Blanchard*, *José* et *Étien. Mongolfier*, etc.

MACON, PROTAT FRÈRES, IMPRIMEURS